KB105748

잘 그리지도
못하면서

잘 그리지도 못하면서

첫 번째 찍은 날 2017년 3월 30일
두 번째 찍은 날 2018년 6월 20일

지은이 김중석
펴낸이 이명회 | **펴낸곳** 도서출판 이후 | **편집** 김은주, 위정은
디자인 Studio Marzan 김성미

글·그림 ⓒ 김중석, 2017

등록 | 1998. 2. 18.(제13-828호)
주소 | 04050 서울시 마포구 양화로 156, 1229호 (동교동, 엘지팰리스빌딩)
전화 | 02-3144-1357 팩스 | 02-3141-9641
블로그 | blog.naver.com/dolphinbook
페이스북 | www.facebook.com/smilingdolphinbook

ISBN 978-89-97715-46-6 03810

이 도서의 국립중앙도서관 출판예정도서목록(CIP)은
서지정보유통지원시스템 홈페이지(http://seoji.nl.go.kr)와
국가자료공동목록시스템(http://www.nl.go.kr/kolisnet)에서 이용하실 수 있습니다.
(CIP제어번호 : CIP2017006227)

이 책은 저작권법에 의해 보호를 받는 저작물이므로 무단 전재와 복제를 금합니다.

꽃의 걸음걸이로, 어린이와 함께 자라는 웃는돌고래

웃는돌고래는 〈도서출판 이후〉의 어린이책 전문 브랜드입니다.
어린이의 마음을 살찌우고, 생각의 힘을 키우는 책들을 펴냅니다.

김중석
에세이

잘 그리지도
못하면서

웃는돌고래

늦은 아침이다.

아이들은 벌써 학교로 갔고 아내도 출근 준비를 하고 있다. 어제도 늦게 잠들었다. 조금 일찍 자려고 했는데 오랫동안 몸에 밴 습관 때문인지 잘 안 된다. 대단한 작업을 하는 것도 아닌데 이것저것 하다 보면 새벽 3시를 넘길 때가 많다.

원래부터 이런 올빼미형 인간은 아니었다. 대학교와 직장에 다닐 때만 해도 밤 12시에는 잠들고 아침에 일어나는 그런 사람이었다. 프리랜서로 일하면서 아침 출근에 대한 부담이 없어서인지 자꾸 야간 작업을 하게 된다.

늦게 잠들다 보니 아침에 일어나는 게 더 힘들다. 일어나자마자 핸드폰을 확인한다. 페이스북에 새로운 소식이 있는지, 포털사이트에는 어떤 뉴스가 떴는지 잠깐 살펴본다. 아내와 아침 겸 점심을 먹는다. 아내가 가르치는 아이들에 대한 이야기를 한다. 아이들의 그림 실력이 늘었다고, 재미있게 그린 그림을 보여주며 대견해한다. 올해 새 학교에 진학한 우리 집 두 아이에 대한 이야기도 한다. 잘 적응하고 있는지, 친구들과 잘 지내는지, 선생님은 괜찮은지. 걱정과 기대가 섞인 이야기를 나눈다.

어젯밤엔 독서실에서 일했다. 밀린 글도 쓰고 간단한 전시 디자인도 했다. 작업실이 멀쩡하게 있지만 요즘 잘 안 가고 있다. 그림 그리는 일보다 글을 쓰거나 전시 기획, 강연 같은 활동이 많아지면서 작업실 가는 일이 많이 줄었다. 오늘은 꼭 가봐야겠다.

때마침 이 책의 담당 편집자가 문자를 보냈다. 작가의 말을 달라고 한다. 더 이상 늦어지면 안 된다고 부탁을 한다. 오늘은 꼭 써야겠다. 근데 무슨 말을 쓰지. 긴 글을 쓰면서 이렇게 힘들어 하지는 않았는데 '작가의 말'은 왜 이렇게 어려운지…….

전시회 준비도 해야 한다. 작가로 참여하는 전시도 있고, 기획하는 전시도 있다. 내가 어쩌다가 전시 기획자가 되었는지. 사람 일이란 참 모를 일이야. 혼자 헛웃음을 짓는다. 작가로 참여하는 전시도 고민이다. 요즘 그림을 너무 안 그려서 물감이 다 말라 버릴 지경이다. 이렇게 안 그리다가 은퇴한 전직 일러스트레이터가 되는 건 아닌지 걱정이다.

그림책 편집자에게서 스케치 피드백이 왔다. 올해는 꼭 그림책이 나와야 한다. 글과 그림을 모두 하는 그림책이다. 이걸 몇 년째 붙들고 있는 건지. 스토리도 몇 번 바꾸고 편집자와도 많은 이야기를 나눴다. 이제 제법 윤곽이 잡힌 것 같다. 그래도 또 시간이 걸리겠지. 그림책은 참 어렵고 힘든 작업이다. 휴~

출판사에서 처음 에세이집을 내자고 제안했을 때 내 귀를 의심했다.

"네? 제가 에세이를 쓴다고요?"

잡지에 연재한 글과 페이스북에 올린 만화에서 가능성을 봤다고 했다. 고맙기도 하고 부담스럽기도 했다. 내 이야기가 이렇게 펼쳐놓을 만한 것인지. 누가 내 얘기에 관심이 있을지.

시간이 제법 걸렸지만 그래도 이렇게 다 쓰고 보니 후련하다.

실패했었고 시련도 겪었지만 지금은 성공했다는 이야기. 그런 건 아니면 좋겠다. 나는 성공하지도, 실패하지도 않았다. 쓰고 그리고 갈등하며 살아왔다. 나에게 재능이 있는지, 이 일을 하면서 계속 살아갈 수 있을지 계속 걱정하고 의심했다. 다행스럽게 지금까지 이렇게 그림을 그리고 있으니 감사할 따름이다.

남의 책도 많이 안 읽으면서 내 책을 사달라고 뻔뻔하게 이런 책을 내다니. 죄송하다. 너그러이 용서해주시길. 그래도 책을 낸다는 건 좋은 일이고 멋진 일이다. 만약에 또 이런 제안이 온다면 음…….

이 책을 제안하고 출판한 웃는돌고래, 멋진 디자인으로 이 책을 빛내준 김성미 실장님, 그리고 내 모든 작업의 첫 번째 독자가 되어주고 항상 다독여주는 아내와 언제나 내게 힘이 되어주는 하윤이, 시윤이, 언제나 따뜻하게 믿어주는 부모님과 동생 부부에게도 감사드린다.

감사를 드리려고 보니 끝이 없다. 이러다가 날 새겠다. 모두 모두 합쳐서 감사드린다.

오늘은 정말 일찍 자야겠다.

2017년 봄.

김중석

차례

그림 그리며 사는 행운 • **11**

질투는 나의 힘 • **19**

내가 그림을 그리지 않았더라면 • **25**

작업실 • **31**

내 헤어스타일 사용법 • **39**

예술가의 끼 • **45**

누구 닮았어 • **51**

알고 보면 이런 사람 • **57**

그림 그리면 얼마나 벌어요? • **63**

전화가 오지 않는다 • **69**

무엇이 되겠다는 계획은 없다 • **76**

쓸모가 있을 것이다 • **78**

아는 사람이 많으시네요 • **83**

그린다는 것, 쓴다는 것 • **86**

작가 가족 • **93**

캠핑의 추억 • **98**

• •

우리 애가 그럴 리 없어요 • 102

네이버에서 내 이름을 검색하면 • 109

삽화가를 위하여 • 113

어떻게 이 일을 하게 됐나 • 122

포트폴리오 • 129

새 책이 나왔다 • 135

현장 취재 • 140

편집자와 이야기를 나누다 보니 • 150

수다 그림 교실 • 157

독자와의 만남 • 165

소년교도소의 추억 • 173

그림책 전시 기획 • 180

내가 하고 싶은 전시 • 186

여러분 덕분입니다 • 192

출판인들의 송년회 • 196

• •

그림을 잘 그리는데

여러가지 사정으로
포기한 사람들을 봤다.

내가 그림 그리며 사는건

수 많은 행운이 겹쳐서
가능한 일인것 같다.

ㄹㄹㄹ ㄹㄹㄹ
내일
그리지 뭐

그림 그리며 사는 행운

그림 그리는 건 재미있다. 세상에 많은 일들이 있지만 나는 그림 그리는 게 참 재밌다. 쓱쓱 손을 움직이면 그림이 나오고 그림을 그리고 있으면 시간이 잘 간다.

모든 일이 그렇겠지만 매일 재밌지는 않다. 하기 싫은 날도 있고 그림이 지긋지긋해서 한동안 안 그린 적도 있다. 그래도 내가 그린 그림을 쭉 펼쳐 놓고 보고 있으면 '내가 재미있게 살고 있구나.' 하고 위안이 된다. 이렇게 그림을 그리며 살아가는 게 신기할 때도 있다. 내가 아직 그림을 그리고 있다니, 이런 신기한 일이.

미술대학에서 서양화를 전공했으면 작가가 되는 것이 순리가 아니냐고? 그렇지 않다. 그림을 좋아하면서 살 수는 있지만 이것을 직업으로 삼아서 살아가는 것은 정말로 어렵고 힘든 일이다.

나는 그림 실력이 아주 뛰어난 사람도 아니고 그림에만 죽도록 매달리는 순정파도 아니다. 그림 한 장을 그리는 데 혼신의 노력을 기울이는 편도 아니다. 슬렁슬렁 그린다. 그게 내 그림의 매력이라고들 말하지만 이런 내가 작가로 살아갈 수 있는 건 수많은 행운이 겹쳐서인 것 같다.

그림을 가르치다 보면 여러 가지 사정으로 기회를 놓친 분들을 만나게 된다. 그림 그리기를 좋아했는데 가정 형편이 좋지 못해 포기하거나 집안의 반대(부모님은 대부분 공부를 하라고 하시죠)에 부딪혀 그림 공부를 못한 이들이 많다. 이런 분들은 성인이 되어서 어릴 때 가졌던 꿈을 꼭 다시 꺼내게 된다. 여기저기 그림을 배울 수 있는 곳을 찾아다니고 전시회도 다니며 안목을 키운다. 꼭 작가가 되지 않더라도 수준 높은 애호가가 되어 그림을 사랑하며 살아간다.

내가 미술대학을 가지 않고 다른 일을 했더라면 그림에 대한 미련(?)을 가졌을까. "나도 미대 가려고 준비했던 사람이다. 왕년에 그림 좀 그렸지."라고 말하고 다니지 않았을까.

고등학교 3학년 때 입시를 앞두고 누구나 그렇듯 긴장했다. 내가 갈 수 있는 미술대학이 있을까. 대학에 떨어지면 어쩌지. 집안 형편을 봐서는 재수하겠다는 소리는 꺼내지도 못할 텐데. 초조하고 불안했다.

아버지는 이런 나의 불안을 간파하셨는지 내 진로를 깔끔하게 정해 주셨다.

"미술대학 떨어지면 바로 김천직업전문학교 가서 기술 배우면 된다. 거(기) 나오면 취직은 문제없다 카더라."

아이고, 아버지 고맙습니다. 아들 미래를 이렇게 미리 준비해 주시고.

그때 미술대학에 단번에 합격하지 못했더라면 나는 공장 기술자로 평생을 살았을지도 모르겠다. 손이 야무지지 못해서 만날 혼나면서 일이 적성에 안 맞다며 푸념하며 살았겠지. 그때 직업전문학교에 가지 않으려고 그림을 더 열심히 그렸을까. 아마도 아버지가 정신 바짝 차리라고 배수진을 친 것이겠지. 그렇게 믿고 싶다.

본격적으로 입시 준비를 한 건 고등학교 때지만, 그전부터 그림 그리기를 좋아했다. 초등학교 때는 미술대회에서 큰 상을 받은 기억은 없고 그림을 많이 그린 기억도 없다. 학교에서 포스터 그리기를 하면 한 장을 채우는 게 너무 힘들어서 대부분 마무리를 짓지 못했다.

나에게는 나만의 미술 놀이터가 있었다. 그곳은 집 뒤에 있는 작은 동산이었다. 이곳에서 흙을 부드럽게 치대어 여러 가지 모양으로 만들었다. 어디서 본 것은 있어서 굴을 파고 거기에 불을 붙여 그릇을 구워 내려고도 해 봤다. 물론 그릇은 구워지지 않고 그을음만 잔뜩 묻었지만. 그곳에서 흙놀이를 하면 하루가 금방 갔다. 그곳이 나의 놀이터이자 작업실이었다.

내가 어렸을 때 어머니는 시장에서 포장마차를 하셨는데

그 앞에 함석 가게가 있었다. 요즘은 함석을 보기가 쉽지 않지만 예전에는 함석을 여러 곳에 다양하게 사용했고 가게도 많았다. 물건을 만들고 남은 함석 조각을 함석가위로 이리저리 잘라서 여러 가지를 만들었다. 지금 떠올려보면 아이가 가지고 놀기에는 날카롭고 위험했는데 그때는 그걸 자르고 붙이면서 시간을 보냈다. 이렇게 혼자 만들고 놀았던 게 그림을 그리는 데 도움이 되었을까?

중학교에 들어가니 미술부가 있었다. 다른 친구들이 그림 그리는 게 좋아 보였다. 미술 선생님이 한번 그려보라기에 쓱쓱 그림을 그렸다. 그때까지 내가 본 그림 중에는 고흐의 그림이 가장 인상적이었다. 고흐의 터치처럼 수채화 물감에 물도 별로 섞지 않고 두껍게 칠했다. 스케치북은 물감 범벅이 되어 잘 마르지도 않았다. 이상한 그림을 그렸는데도 기분은 좋았다.

그런 내 모습이 좋아 보이셨는지 선생님은 미술부에 들어오기를 권하셨다. 그렇게 미술부에 들어갔지만 크게 활동을 하지는 않았던 것 같다. 오히려 집에서 혼자 그림을 그렸다. 세상에 대한 불만은 가득하고 몸속에 화를 품고 다니던 사춘기 시절, 그래도 그림을 그리면 조금 편안했다. 마음에 폭풍우가 몰아치는 순간에 오롯이 몰두할 수 있는 것이 있어서 좋았다.

고등학교에 들어가자 상황이 좀 달라졌다. 1학년 미술 시간에 선생님이 몇몇 아이들을 교실 앞으로 부르셨다. 나지막한 목소리로 "너희 미술할 생각 없냐? 미술하면 대학 가기도 쉽다."며 은밀하게 유혹하셨다.

미술이라.

그림 그리기를 좋아했으니 미술부 활동을 하고 싶었다. 미술대학을 가도 좋을 것 같았다. 부모님의 반대 같은 건 생각하지도 않았다. 내가 본격적으로 그림을 그리겠다고 했더니 부모님은 크게 반대하지도 않으시고 미술학원을 보내주셨다.

김천에 있는 큰 미술학원을 다녔는데 몇 달이 지나자 원장님이 바뀌었다. 새로 온 원장님이 나를 부르셨다.

"너한테는 학원비를 받지 않겠다. 대신 학원 정리도 좀 하고 후배들도 잘 다독이며 분위기를 잡아 줘라."

말하자면 '학원 근로 장학생' 같은 것이었다. 왜 그러셨을까? 왜 나한테 학원비를 안 받으셨을까? 이제 막 학원을 시작한 입장에서 안정적으로 분위기를 잡아줄 사람이 필요했던 것일까?

이유는 정확히 알 수 없었지만 그 후로 나는 학원비를 내지 않고 학원을 다녔다. 집안 형편이 그리 넉넉하지 않았기 때문에 계속 학원비를 냈다면 중간에 미술을 포기했을 수도 있다. 말하자면 이런 것도 행운인가?

어쨌든 미술대학에 들어가서 그림 공부를 하고 또 졸업을 했다. 서양화과를 졸업했으니 당연히 작가가 될 거라고 생각했다. 하지만 그림만 그리며 살아갈 수가 있나. 그럴 형편은 아니었다. 직장에 들어가고 그만두고 백수가 되고 또 다른 직장에 들어가며 시간을 보냈다. 다시 그림을 그리며 살아갈 것이라고는 꿈도 못 꿨는데 사람 일은 참으로 모르는 거다. 그림을 그리며 살게 되었다. 오랫동안 그림을 그리지 않았지만 손끝에 전해지는 느낌은 그대로였다. 그림을 그리며 이렇게 오랫동안 버티고(?) 있는 게 신기하고 고맙다.

찰흙으로 그릇을 만들었던 고향집, 손 감각을 길러줬던 함석집, 직업전문학교에 보내겠다고 으름장을 놓으시던 아버지, 미술부에 받아준 중학교 미술 선생님, 본격적으로 그림을 그리게 이끈 고등학교 미술 선생님, 학원비를 받지 않으며 나를 배려하셨던 미술학원 원장 선생님. 다시 그림을 그리게 만들었던 어떤 보이지 않는 우연과 힘들. 이 모든 것들이 모두 모여서 지금의 내가 있는 게 아닐까?

참 신기하다. 생각할수록 신기하다. 힘들지만 그래도 그림을 그리며 사는 게 재미있다. 고맙다.

멋진 그림책을 보면

글도 좋고

그림도 좋네

질투가 난다!

왜 이렇게 잘하는거야

질투가 사라진다면

내 작가 인생도 끝날거다

예술

무상

질투는 나의 힘!

질투는 나의 힘

서점에 나가 보면 어디서 이 많은 책들이 온 건지 매번 놀란다. 대체 이 책들이 어디서 나오는 걸까? 책 낳는 거위가 매일 알을 낳듯이 쑹쑹 쏟아내는 걸까? 항상 궁금하고 신기하다.

어린이와 유아 코너를 둘러본다. 출간된 지 오래되었지만 여전히 사랑받는 그림책도 있고 이제 갓 나온 새 그림책도 판매대에 올려져 있다. 함께 일을 해 본 출판사도 있지만 이름도 처음 들어보는 신생 출판사들도 눈에 띈다.

예전에는 내가 그린 책을 읽었다는 독자를 만나면 그러려니 했는데 요즘처럼 책이 잘 안 팔리는 시절에는 반갑고 고마운 마음에 두 손을 꼭 잡고 감사의 포옹이라도 하고 싶은 마음이다.

여기저기 기웃거리며 책을 살펴본다. 인터넷 서점에서 표지만 봤던 책이 눈에 띈다. 이런! 비닐로 꼼꼼히 포장을 해서 내용을 볼 수 없다. 책 내용을 봐야지 살 건지 말 건지 결정할 거 아닌가. 내용을 볼 수 있도록 샘플 도서를 한 권씩이라도 비치해 두면 좋을 텐데.

다른 책을 집어 들었다. 표지가 맘에 든다. 그림을 그리는 사람이라 그런지 그림이 내 취향에 맞지 않으면 책을 집어 들지 않게 된다. 어쩌다 집어 든다 해도 몇 페이지를 못 넘기고 덮어버리게 된다.

"이 책은 표지는 좋은데 본문 그림은 고리타분하잖아. 내용도 신선하지 않아. 결말이 너무 안일해서 아쉬워."

이런 생각을 하다가 미안한 마음이 들기도 한다. 이 한 권의 책에 많은 사람들의 시간과 노력이 담겨 있다는 걸 알고 있다. 작가와 편집자는 이 책을 만들기 위해서 많은 시간 머리를 맞대고 고민했을 것이 분명하다. 풀리지 않는 이야기를 가지고 끙끙대다가 한 고비를 넘기면 환호했을 것이고 다시 험난한 장벽을 만나기도 했을 것이다. 작가는 그림을 다 그려 놓고 마음에 들지 않아 처음부터 다시 그렸을 수도 있다. 인쇄 사고가 생겨 잘못 나온 책을 붙들고 흐느낀 적도 있을 것이다. 많은 고민과 환호, 실수를 거쳐서 한 권의 책이 나온다. 나도 잘 알고 있다. 이렇게 공들여 만든 책을 삽시간에 판단하고 보니 조금 미안한 마음이 든다. 책을 한 권이라도 내 본 사람은 이런 마음에 공감할 것이다.

내가 좋아하는 윤정주 작가의 신간이 나왔다. 어떻게 그림을 그려야 할지 고민하던 신인 시절, 이 작가의 책을 보고 많은 가르침을 얻었다. 이 작가의 책을 보며 캐릭터는 어떻게 잡는지, 화면은 어떻게 구성하는지 공부를 했다. 어찌 보면 나의 선생님이 되어준 작가이다.(본인은 모르고 있지만)

윤정주 작가는 오랫동안 그림책, 동화책에 그림을 그려왔는데 드디어 글과 그림을 함께한 그림책을 냈다. 역시나 그림이 훌륭하다. 꼬물꼬물 귀여운 캐릭터들이 화면을 가득 채우며 이야기를 만들어낸다.

나는 데뷔 초에《아빠가 보고 싶어》라는 책을 낸 후 아직까지 글, 그림을 함께한 책을 내지 못했다. 몇 년째 풀리지 않는 숙제를 부여잡고 끙끙거리고 있다. 윤정주 작가가 글, 그림을 함께한 책을 보니 반갑고 부럽다.

그 옆에 눈에 띄는 그림책이 보인다. 안녕달의 두 번째 그림책《할머니의 여름휴가》를 들여다본다.《수박 수영장》도 재미있게 봤지만《할머니의 여름휴가》는 더 재미있다. 자연스럽게 현실과 판타지를 넘나들면서 이야기를 끌어간다. 유쾌하지만 단순하지 않다. 구석구석 재미있는 요소들이 보인다. 어떻게 이런 생각을 했을까?

남의 그림책을 볼 때는 나도 금방 이런 책을 만들 수 있을 것 같다. 그런데 이게 왜 잘 안 되는 걸까? 서서히 얼굴이 붉어진다. 부러움을 넘어 질투심이 치솟는다. 이런 신선한 생각을 나는 왜 못하는지. 나는 왜 이런 맛깔스런 글을 쓰지 못하는 것인지. 왜 뻔한 이야기들을 붙들고 몇 년째 이러고 있는지. 많은 책을 냈지만 돌아보니 부끄럽기만 하다. 도, 대, 체 무엇을 하며 시간을 보내고 있는 것인가?

마음의 파도가 거칠어지고 폭풍이 불기 시작한다. 어서 작업실로 달려가 내 그림을 그리고 싶다. 이런 질투심과 부러움을 모두 작품으로 풀어내야 한다. 더 많이 그리고 더 많이 읽어야 한다. 몸도 튼튼해야 한다. 미뤄 왔던 운동을 다시 시작해야 한다. 건강한 몸으로 더 건강한 그림을 그려야 한다. 이런 다짐을 수없이 한다.

하지만 이런 다짐이 곧 시들어 버리는 게 문제다. 잡다한 일들이 내 앞에 놓여 있다고 변명해 보지만 사실은 너무 산만하고 게으른 탓이다. 무엇부터 해야 할지 어수선하다. 바깥 나들이를 줄이고 나의 내면으로 더 깊숙이 들어가야 한다.

이러다간 올해도 글, 그림을 함께한 그림책을 못 낼 것 같다. 남의 그림책을 부러워하지만 말고 어서 그림을 그립시다. 질투만 하지 말고 뭐라도 시작합시다. 네? 김중석 씨!

질투가 나의 힘이 되어줄 것이라고 굳게 믿어본다.

내가 그림을 그리지 않았더라면

　새로운 일을 두려워하지 않는다. 일단 한 번 해 본다. 재미있으면 계속하지만 싫증도 잘 내는 편이다. 꾸준하고 진득하게 무엇을 하지는 못하는 것 같다. 이렇게 싫증도 잘 내고 집중력도 떨어지는 내가 그림을 그리지 않았으면 무슨 일을 했을까?

　음식을 만들어 먹는 것을 좋아한다. 요리사가 될 정도의 실력은 아니지만 가끔 내 직업이 요리사였다면 어땠을까 생각해본다. 미슐렝 가이드 별 세 개 셰프가 되었을까? 동네에서 유명한 국밥집 주인이 되었을까?

　어림도 없다. 하고 싶을 때 요리를 하는 것은 좋지만 하루 종일 주방에 서서 양파를 다듬고 밥을 짓고 불 앞에서 조리를 하는 건 전혀 다른 문제다. "배부른 소리하고 있구만. 누구는 하루 종일 이러고 싶어서 이러고 있냐."라고 하면 할 말이 없다. 어쨌든 요리사가 되고 싶은 마음은 전혀 없다. 하루 종일 요리를 하는 셰프들은 정말 대단하다.

　캠핑에 빠져 있을 때가 있었다. 매일 캠핑 동호회 카페에

들락거리며 정보들을 얻고 중고 장터를 다니며 어떤 텐트들이 나왔는지 구경하며 하루를 보냈다. 캠핑을 좋아하는 후배와 만나서 캠핑 이야기를 하면 너무 좋았다. 좋아하는 텐트 이야기며 캠핑장 정보를 나누다 보면 마음은 벌써 캠핑장에 가 있었다.

새로 산 텐트를 쳐 보면서 후배와 이런 대화를 나누었다.

"캠핑을 이렇게나 좋아하는데 이걸로 돈을 벌 방법은 없을까?"

"없어요. 그냥 다녀요."

맞다. 그냥 재미로 다녀야지.

"어릴 때 꿈이 뭐였어요?"라는 질문을 가끔 받는다.

여러 가지가 있었겠지만 그중 곤충학자가 제일 되고 싶었다. 내성적인 아이여서 혼자 있는 시간을 좋아했다.(지금의 나를 아는 사람들은 콧방귀를 끼겠지만 나는 분명히 내성적이었다) 나무에 붙어 있는 거미들, 먹을 것을 가지고 어디로 가는 개미들을 우두커니 지켜보며 하루를 보냈다. 그렇게 곤충들과 무언의 대화를 나누는 시간을 좋아했던 것 같다.

이때 관련 책을 좀 더 읽고 관찰일지라도 써 두었다면, 그림으로 곤충들의 생태를 기록해 두었다면 좀 더 곤충학자의 꿈에 다가갈 수 있었을 텐데. 그걸 안했다.

그다음에는 군인이 되고 싶었다. 내 외모가 군인에 어울린다고 생각했던 것 같다. 어른들이 '장군감'이라고 하면 정말 그런 줄 알았다. 육군사관학교에 입학해서 직업 군인의 길을 걷고 싶었다. 장군이 되어 병사들을 호령하고 나라를 지키는 군인이 되길 꿈꿨다. 고등학교 때는 장기 복무 하사관(고등학교 때 장학금을 받고 졸업 후 일정 기간을 하사관으로 근무하는 제도)을 생각할 정도로 군인의 길을 진지하게 고민했었다. 나만 그런 게 아니라 내 또래 남자아이들은 많이들 군인이 되고 싶어 했다.

그런데 나중에 알았다. 군인이 나하고 아주 안 맞는 직업이라는 것을. 나는 단기사병(방위)으로 고향에서 군 생활을 했다.(어머니는 이건 군대가 아니라고 하시지만 군복 입고 총 들고 근무한다. 퇴근만 할 뿐 군인과 똑같다) 군대라는 곳을 가 보니 너무 답답했다. 통제하고 억압하는 군대 문화가 너무 힘들었다. 합리적이지도 않을 뿐더러 명령에 무조건 복종해야 하는 문화도 싫었다. 체력도 문제였다.(요즘은 좀 나아졌을까) 내 체력으로는 군인이 될 수 없다는 것도 그때야 알았다.

만약 군인이 되었다면 잘 적응했을까? 아니다. 직업 군인이 되지 않은 게 참으로 다행이다.

군인이나 공무원은 원칙을 지킬 줄 알고 조직에서 원하는 일을 해야 한다. 반면 그림을 그리거나 글을 쓰기 위해서는 무조건 원칙을 지키기보다는 그것을 부셔버릴 수 있는 새롭고 창의적인 생각이 필요하다.

사람 일은 알 수가 없다. 내가 원한다고 해서 꼭 그 일을 할 수 있는 건 아니다. 원하지 않았는데 직업이 되는 바람에 계속 일하기도 하고 너무나 간절히 원해도 일할 기회가 오지 않기도 한다. 내가 그림을 그리지 않았으면 무슨 일을 했을까? 요즘도 가끔 궁금하다.

고향 땅이 지척인데

3.8선

갈 수가 없구나

오마니~

작업실이 코 앞인데

갈 수가 없구려

오늘은 어느 카페로 가나?

에어컨 없는 내 작업실

작업실

　미술대학을 다니면 작업실이 필요하다. 학교에도 작업 공간이 있지만 작업실을 많이들 얻는다. 그림도 보관해야 하고 혼자만의 작업 공간이 필요하기 때문이다.

　대학교 1학년 때는 전공 수업이 별로 없어서 작업실을 겸한 자취방을 구해서 생활했다. 학교 근처의 오래된 동네 골목 어귀. 1층은 슈퍼마켓이고 2층 주인집에 딸린 방에서 객지 생활을 시작했다. 아는 친구도 별로 없고 딱히 갈 곳도 없었다. 아침 일찍 일어나 밥을 지으면서 그림을 그리고 학교에 가서 과 친구들과 어울리다가 집으로 돌아왔다. 밤이면 혼자만의 시간을 보냈다.

　그림 그리는 삶에 대한 막연한 꿈. 세상에서 가장 유명한 화가가 되는 꿈. 아무것도 모르기에 꿈도 많았던 시절이다. 아무것도 몰라서 집을 홀라당 태워버릴 뻔한 적도 있다. 자취방에서 유화물감으로 그림을 그리다가 갑자기 이런 생각이 든 것이다.

　'여기에 불을 붙이면 어떻게 될까?'

할 수만 있다면 대학교 1학년 철부지인 나를 혼내 주고 싶다.(이 바보야, 그걸 해 봐야 아냐) 그런데 그때는 그짓을 했다. 라이터로 불을 붙이니 순식간에 불이 붙었다. 기름투성이 그림에 불을 붙였으니 당연한 거 아닌가? 나도 모르게 2층 창밖으로 그림을 던져버렸다. 다행히 10호짜리 작은 그림이라 불이 번지지는 않았지만 큰 그림을 그리고 있었으면 큰 난리가 났을 것이다. 그래도 그림은 제법 맘에 들게 나왔다. 불에 탄 그림. 음. 좋아.

이후에는 학교 주변을 옮겨 다니며 작업실 생활을 했다. 상가 1층에서도 살아 보고 보습학원 한 칸을 얻어서 지내기도 하고 지하실에도 있어 봤다. 아, 지하실은 습기가 너무 많아서 그림 보관에는 최악이었다. 밤인지 낮인지 하루가 어떻게 가는지 종일 깜깜했다. 단 하나 좋은 점은 여름에는 시원하고 겨울에는 따뜻하다는 거.

그림을 그만둔 후에는 다시 작업실이 필요할 일이 없을 줄 알았는데 책에 그림을 그리는 일을 하게 되면서 작업실이 필요해졌다. 집에서 10분 이내의 거리에 작업실을 구하고 집 근처를 맴돌고 있다. 급한 집안일을 처리하거나 아이들을 돌봐야 할 때는 좋다. 가끔 너무 나를 찾는 것 같아서 귀찮을 때도 있지만.

상가 1층에 작업실이 있을 때였다. 바로 옆에 공원이 있어서 사시사철 계절의 변화를 바로 느낄 수 있는 곳이었다. 공원은 산책하는 사람들과 나들이 나온 가족들로 항상 붐볐다. 작업실 앞에 아무것도 적어 놓지 않았는데도 지나가는 사람들이 심심찮게 방문해서 귀찮을 때가 많았다.

"여기 화실인가요? 그림 안 가르치세요?"

"네, 여기는 개인 작업실입니다. 그림은 안 가르칩니다. 그림 배우시려면 맞은편 미술교습소로 가세요."

그러다 언제부턴가 한 할머니가 불쑥 찾아오기 시작했다. 갑자기 문을 열고 들어와서 이것저것 물어보고 가셨다. 인상이 온순하고 고상해 보이는 할머니였다. 처음에는 나도 친절하게 대답했는데 차츰 이상하다는 생각이 들었다. 어떤 날에는 불쑥 들어와서 "이쁘게 생겼다."며 내 볼을 쓰다듬으시는 게 아닌가. 나보고 이쁘게 생겼다는 걸 보니 혹시……

이런 일이 너무 잦으니 점점 화가 나기 시작했다. 문을 잠그고 있으면 문을 두드리며 열라고 하셨다. 할머니도 고집이 있으신지 금방 가지 않고 계속 문을 두드리셨다. 무섭고 오싹한 기분이 들었다. 이대로는 안 되겠다는 생각에 할머니를 뒤따라 가 보니 옆 단지의 빌라로 들어가시는 게 아닌가. 그 집 문을 두드렸다.

"저 이 근처 화실에 있는 사람인데요. 할머니가 매일 찾아와서 문을 두드리는 통에 일을 할 수가 없습니다. 하루 이틀도 아니고 왜 그러시는 겁니까?"

"죄송합니다. 저희 어머님이 치매에 걸리셔서 자꾸 남의 집으로 찾아가시네요. 정말 죄송합니다. 저희가 최대한 신경쓰겠습니다."

치매 걸린 할머니라니. 나도 더 이상 뭐라 할 수가 없었다. 할머니는 계속 작업실을 찾아와서 문을 두드리고 나를 보고 이쁘다고 하셨다. 얼마 후 그 작업실을 떠났는데 그 할머니의 방문도 작은 이유가 되긴 했다.

그런데 이상한 일이다. 기껏 작업실을 구해 놓고 밖으로 돌아다니는 일이 많다. 작업실은 어수선하고 집중이 안 된다는 이유로 동네 카페를 전전하는 것이다. 지난 여름에는 핑계도 좋았다. 더워도 너무 더웠다. 에어컨도 없는 작업실에 10분도 앉아 있을 수 없었다. 결국 짐을 싸들고 카페로 향했다. 시원한 카페에서 스케치도 하고 커피도 마신다. 작업실에서는 보는 사람이 없으니 뭐든 내 맘대로 하지만 카페에서는 지켜보는 눈이 있으니 오히려 좋기도 하다. 노트북을 켜 놓고 계속 딴짓만 하면 좀 민망하니까.

이제 조금 선선한 계절이 돌아왔다. 작업실로 돌아가서 그림을 좀 그려야겠다. 그리운 나의 작업실. 내 그림들은 잘 있는지.

카페에서
스케치. 룰루랄라.

다음 날.

어서오세요.

또 오셨네요.

어떻게 날 기억하지?
자꾸 날 아는척.
아.
불편해.

다른 카페를
찾아야해.
어디로 가지?
어디로 ......

건강을 위해 등산

산에 오니 바람이 많이 부네

여보!
자기는
안 추워?

괜찮아
나는 머리카락
이 많아서
졸겠구만

내 헤어스타일 사용법

나를 처음 만나는 분들은 흠칫 놀란다. 지나가는 사람 열 명 중 너댓 명은 힐끗거리며 지나간다. 어떤 사람들은 대놓고 빤히 쳐다보기도 한다. 내 헤어스타일 때문이다. '도대체 머리가 저게 뭐야?'라는 눈치인 것 같은데 정확한 속마음은 알 길이 없다.

한 번은 아내에게 물어본 적이 있다.

"내 헤어스타일이 그렇게 눈에 띄나? 요즘엔 나처럼 긴 머리 하고 다니는 남자들이 꽤 많은데 왜 자꾸 나를 쳐다보는 거지?"

"응. 그건 헤어스타일도 특이한데다 못생겨서 그런 거야."

농담도 잘 하셔. 내가 못생겼다니. 그런 사람하고 사시느라 힘드시겠구만.

오랫동안 알고 지낸 분들도 내가 파마를 한다는 사실에 놀란다. 항상 비슷한 헤어스타일을 하고 다녀서 곱슬머리라고 생각하는 것 같다. 하지만 나는 아주 정성스럽게 주기적으로 파마를 한다. 10년 정도된 단골 미용실에 가서 머리를 매만진다. 원장님은 이제 내가 특별히 주문하지 않아도 계절에 맞춰서 파마를 해주신다. 여름에는 볼륨을 더 주어서 머리카락 사이로 땀이 덜 차도록(?) 스타일을 만들고, 머리가 너무 상했을 때는 조금 순한 파마를 해서 모발이 손상되는 걸 막아주신다.

그러니까 내 머리는 막 다루는 머리가 아니라 아주 섬세한 손길로 관리되는 그런 머리인 것이다.

왜 이런 헤어스타일을 하고 다니냐고, 예술가 티 내냐고 은근슬쩍 불만 섞인 지적을 하는 사람도 있고, 개성 있고 보기 좋다는 사람들도 있다. 하여튼 눈에 띄고 개성 있다는 건 모두가 인정한다.

이런 헤어스타일을 하기 시작한 건 마흔 살이 다 되었을 무렵이다. 이전까지는 스포츠형 헤어스타일을 유지했다.(이 때 나를 만났다면 조금 무섭게 봤을 수도 있을 것이다. 음, 조직에 몸 담은 사람 같은 분위기랄까) 머리에 신경 쓰기도 싫고 관리하기 편해서 항상 짧은 머리를 유지했다.

그런데 그 헤어스타일은 관리하기는 쉽지만 뭐랄까 사람이 너무 분위기가 없어 보였다. 더 늦기 전에 스타일을 바꿔 보기로 마음먹었다. 머리를 길러 보니 생각보다 관리가 쉽지 않았다. 조금만 길어도 머리가 어수선해지는 것이었다. 주변에 물어보니 파마를 하면 머리가 정리되고 보기도 좋다고 했다.

아이구, 망측하여라.

남자가 파마라니! 내가 파마를 하다니!

미용실을 찾아가 2시간 정도 머리를 맡기고 기다렸다. 뜨거운 열기를 쏘이더니 이상한 냄새가 나는 액체를 마구 뿌리는 것이 아닌가? 조금 있으니 두 명이 달라붙어 머리를 잡아당기며 말아 올렸다. 이 시간이 너무나 길게 느껴졌다. 슬슬 지쳐갈 무렵 모든 과정이 끝나고 기다렸던 순간이 다가왔다.

짜잔~ 생애 첫 파마가 완성됐다.

결과는 그럭저럭 괜찮았다. 아내의 반응이 좋았다. 주변에서도 괜찮다고 해주었다. 그렇게 만들어진 헤어스타일이 나의 트레이드 마크가 되어버렸고 이제는 내가 파마를 안한 모습을 상상할 수도 없다. 아내는 농담으로 내가 다시 짧은 머리를 하면 이혼이라고 했다.

아이고, 무서워라. 헤어스타일도 내 맘대로 못하겠네.

작가와의 만남을 하러 가면 처음 만난 아이들은 조금 놀란다. 나의 헤어스타일 때문이다. 화가 아저씨를 만났다고 좋아한다. 내가 친근하게 말을 건네면 마음을 열고 집중을 잘 하는 것 같다.

일하면서 만난 사람들도 나를 잘 기억해준다. 나는 사람을 잘 기억하지 못해서 미안한 경우가 많은데 상대방이 나를 꼭 기억해준다.

아, 고마워라. 어디 가서 나쁜 짓도 못하게 생겼네. 어찌나 눈에 띄는지.

곰곰이 생각해보니 우리 사회가 모두 좀 더 자유로운 분위기로 바뀌면 어떨까 싶다. 회사에 다니거나 공직에 몸담은 분들은 복장에 제한이 많은데 좀 더 개성을 존중해주면 어떨지. 콧수염을 기른 회사원, 가죽재킷을 입은 공무원, 힙한 모자를 쓴 주민센터 공무원……. 이런 모습을 보면 재미있을 것 같다.

내 헤어스타일을 자랑하다가 너무 멀리 갔군.

마흔 살 이후 내가 한 일 중에서 헤어스타일을 바꾼 건 아주 잘한 일이다. 다음에는 어떤 스타일로 파마를 해 볼까? 벌써 기대가 된다. 원장님, 앞으로도 잘 부탁드려요~

예술가의 끼

나는 '예술가'라고 불리는 걸 좋아하지 않는다. 부담스럽다. 그 이름은 왠지 좀 '비장하다'.

이런 생각이 드는 건 많은 '예술가'들의 비장한 모습을 봐 왔기 때문이고, 예술이라는 이름으로 나에게 무게 지워진 것들이 있어 왔기 때문일 것이다. 나는 '작가'라는 호칭이 더 편하고 좋다.

어떤 화가가 있었다. 이 화가는 아침 7시면 어김없이 일어나 그림을 그리기 시작했다. 간단하게 아침을 먹고 오전 내내 그림을 그렸다. 오후에도 특별한 약속을 잡지 않고 그림 그리기에만 몰두했다. 늦은 오후가 되면 동네를 산책했다. 담배는 피우지 않고 술은 와인 한 잔 정도만 마셨다. 저녁에는 사람들을 만나거나 문화생활을 즐겼다. 1년에 한 번씩 꼭 개인전을 열고 각종 초대전에도 참가했다. 평생 40여 회의 개인전을 했고 많은 훌륭한 작품을 남겼다.

이런 작가가 현실에 있다면(사실 많이 있다) 별로 이야깃거리 될 만한 게 없다. 이 작가의 일대기를 영화로 만든다면? 시작한 지 얼마 되지 않아 하품이 나올 것이다. 대중들은 더 짜릿하고 드라마틱한 예술가의 삶을 원한다. 예술가의 삶에 대해서 환상을 가지고 있는 것이다. 정말 예술가들은 보통 사람들과는 전혀 다른 삶을 살아가는 사람들일까.

물론 예술가라면 남다른 면이 있어야 할 것이다. 보통 사람들이 지나칠 만한 것도 포착하는 예민한 감수성과 남다른 끼가 있어야 한다. 이것을 표현하는 기술적인 완성도도 필요할 것이다.(음악가라면 연주 실력, 화가라면 그림 실력) 어느 정도 기술적인 숙련도를 갖추기 위해서는 연습과 훈련이 반드시 필요하다.

끼만 있고 성실함이 없다면 어떻게 될까? 넘쳐나는 에너지를 분출하고 싶을 것이다. 하지만 기분 내킬 때만 작업을 하고 하루 종일 술만 마시며 예술을 논한다면 예술가로서 그의 생명은 언제까지 지속될 수 있을까?

내가 대학 다닐 때를 생각해본다. 고등학교를 졸업하고 미술대학에 가니 겉모습도 특이하고 튀는 행동을 하는 사람들이 많았다. 지금 보면 그렇게 놀랄 일도 아닌데 그때는 많이 놀랐다. 나도 가만있진 않았다.

미술대학에 들어왔으니 나도 이제 예술가가 되었다는 착

각을 했다. 머지않아 고흐 같은 화가, 피카소 같은 예술가가 될 것 같았다. 튀는 행동을 하고 넘쳐나는 에너지를 뿜어냈다. 어떤 그림을 그릴지를 친구들과 토론하며 밤을 보냈다. 술도 진탕 마시고 담배도 연달아 피워 물며 밤거리를 미친 듯이 뛰어다니고 거지 같은 꼴을 하고 고무신을 질질 끌고 다녔다. 시대에 반항해야 한다고 생각했다. 이런 것들이 그저 철없는 행동이라는 생각은 들지 않는다. 작가가 되는 과정에서 나오는 에너지 아닐까.

그런데 아무리 이런 행동들을 해 봐도 맞지 않는 옷을 입은 것 같았다. 나는 예술가의 끼가 부족한가? 예술가로서의 재능이 부족한 것인가? 고민스러웠다. 예술가가 되려면 삶의 굴곡이 많아야 된다고 생각했다. 특별한 삶을 찾아 떠나야 된다고 생각했다. 하지만 그렇게 떠날 용기는 없었다. 일상을 살아가는 것도 힘겨운데 무엇을 더 한다 말인가.

세월이 흐르고 대학 다닐 때 고민했던 예술가의 끼에 대해서 가끔 고민을 해 본다. 예술가의 자질이 하나로 단정지을 수 있는 것인가. 누군가가 만들어 놓은 '예술가의 전형'에 자신을 애써 맞추고 있지는 않은지.

엄청난 광기를 가져야만 예술가가 되는 것은 아닐 것이다. 예술가의 모습은 아주 다양할 거다.

예술가는 어떤 모습이어야 한다는 강박은 이제 사라졌다.

모두가 귀를 자르고 일탈을 저지르면 되겠나. 우리는 모두 이중섭처럼 살 수는 없다. 박수근처럼 살 수도 없다.

나이가 들수록 나만의 방식으로 그림을 그릴 수 있게 된다. 나만의 예술적인 끼가 있다는 걸 점차 느끼고 있다. 천부적인 재능은 부족하더라도 나의 그림을 성실히 그리는 것이 더 중요하다는 생각을 많이 하게 된다. 나는 나만의 모습으로 나만의 작품을 만들어 나갈 것이다.

나는 요즘의 내가 좋다. 정말로.

누구 닮았어

"어, 가수 누구 닮았는데. 아! 전인권 씨!"

처음 만나는 사람들은 나를 보고 누구를 닮았다는 얘기를 자주 한다. "네, 그런 얘기 많이 듣습니다. 제가 그렇게 많이 닮았나요?"라며 웃어넘기지만 썩 유쾌하진 않다.

누굴 닮았다니. 그것도 초면에. 그렇지만 나도 이런 실수(?)를 한 적이 있다.

여러 작가들과 함께 그룹 전시를 할 때였다. 그전부터 알고 있는 작가들도 있고, 작품은 알고 있었지만 인사는 처음 나눈 작가도 있었다. 두어 차례 준비 모임을 가지며 이런저런 이야기를 나누며 조금씩 친해졌다.

전시 디스플레이를 하는 날. 전시장에서 작가들을 만났다. 나는 L작가에게 뜬금없이 이런 말을 뱉었다.

"저기, 마이클 잭슨 닮으셨어요."

마이클 잭슨이라니. 팝의 황제 마이클 잭슨? 그 마이클?

조금 더 친해지려는 욕심에 이런 황당한 말을 뱉어 버리다니. 아, 정말 돌이키고 싶다. 게다가 L작가는 여자다.

L작가는 살짝 당황하더니 이내 내 실수를 관대하게 넘겨 주었다. 하지만 나는 연신 진땀을 흘리며 "죄송하다."며 사과를 했다.

우리는 "유명인 누구를 닮았다."는 말을 자주 한다. 처음 만난 사람에게도 하고, 친척 아이에게도 한다. TV 프로그램에 일반인 출연자가 나오면 "배우 누구 씨를 닮았어요."라며 반응을 유도한다. 유명인을 닮은 게 좋은 일인지 나는 잘 모르겠다.

그러다가 이런 생각을 해 봤다. 작가에게 당신 작품이 누군가의 그림과 비슷하다고 말하면 어떨까? 내가 그런 말을 들으면 어떤 기분일까? 다행히 나에게 그런 말을 하는 사람은 여태 보지 못했지만 기분이 좋지만은 않을 것 같다. 내 그림이 다른 작가의 그림과 무엇이 비슷하단 말인가? 기법이 비슷한가? 캐릭터가 비슷한가? 구체적인 이유도 없이 이런 말을 듣는 그림작가는 무척 화가 날 것 같다.

어떤 그림을 보고 연상되는 작가가 있을 수도 있다. 하늘 아래 완전히 독창적인 그림이나 예술이 얼마나 되겠는가. 무엇에도 영향 받지 않은 새롭고 독창적인 작품. 그건 아주 어려운 일이다. 혹시 어떤 작품을 보고 다른 작품이 떠오르더라도 작가의 면전에서 말하는 건 아주 실례가 될 수 있다.

작가도 자기만의 개성을 찾는 것을 게을리 하지 않아야

된다. "내 그림이 누구하고 닮았다고? 기분 나빠!" 하고 선부터 긋기 전에 왜 그런 인상을 줬는지 생각해 보았으면 한다. 좋아하는 작가의 작품을 모사하다 보면 비슷한 작품을 만들 수도 있다. 너무 좋아하다 보면 나도 모르게 그와 비슷한 기법을 쓰기도 한다. 하지만 계속 그런 그림을 그린다면 그 작가의 그림이 사랑받을 수 있을까?

아, 이런 얘기. 지겨워지기 시작한다. 나도 이런 훈계를 할 처지가 못 된다. 나부터 잘해야지. 내 그림부터 잘 그려야겠다. 이러다가 어디서 또 "누구 닮으셨네요."라는 허튼소리나 하고 다니지는 않을지 걱정이다. 나부터 '남과 다른 나'를 만들어야겠다.

마음을 비우고 잘 그리겠다는
생각을 버리고 편안하게
힘을 빼시고 그리시면 됩니다.

엘리베이터

문턱에 이물질이 끼이거나 틈새
물이 들어가지 않도록 주의합니다
엘리베이터안에 이상한사람이
있으면 주의하는것이 안전합니다.

현재 승강기의 운행속도는 (60)m/m

알고 보면 이런 사람

나의 정체는 우리 동네 주민들의 관심사다.

'도대체 뭐하는 사람이기에 저런 머리 모양을 하고 대낮에 동네를 어슬렁거리고 다니는 것이지?'

이런 생각들을 하는 것 같다. 나 같아도 동네에 이런 사람이 돌아다니면 정체가 궁금할 텐데 당연히 다른 사람들도 그렇겠지. 조용히 집에나 계시지 큰 몸으로 부지런히 동네를 돌아다니는지. 무슨 예술가 행세를 한다고 저렇게 눈에 띄는 파마 머리를 하고 돌아다니는지. 동네 곳곳에서 보이니 궁금하지 않을 수 없을 거다.

이전에 살던 동네에서는 나의 정체에 대한 토론(?)이 벌어졌다고 한다. 동네 아주머니 서넛이 모여서 내가 뭐하는 사람인지 알아맞히려 온갖 추리를 해보았단다.

"뭐, 노래하는 가수 아닌가? 남자가 머리도 길고 어째 폼이 좀 그래."

"아냐. 방송국에서 일하는 사람 같아. 야외 촬영 많이 다니는 사람들 있잖아."

"아냐, 아냐. 산악인일 거야. 옷도 등산복에 등산화만 신고 다니잖아. 덩치도 있고 분명 산에 다니는 사람일 거야."

그렇게 내 정체는 산악인으로 결론났다.

나에게 물어봤으면 아주 친절하게 알려줬을 것인데 괜한 수고들을 하셨네요.

산악인이라. 내가 산엘 자주 가냐고? 마지막으로 산에 간 게 2년 전이니 산악인이 아닌 것은 분명하다.

지금의 동네로 이사 와서도 마찬가지다. 지나가는 할머니가 힐끔힐끔 쳐다보고, 어떤 할아버지들은 대놓고 나를 노려보신다. 뭔가 못마땅한 듯한 표정이다. 왜 그렇게 지저분하게 머리를 기르고 다니느냐는 표정이다. 나도 피하지 않고 친절하게 눈을 맞춰드린다. 그럼 조금 계면쩍은 듯 눈길을 피하신다. 아주 대담한 초등학생들은 나에게 손가락질을 해가면서 "에이, 아저씨 머리가요오~이상해요오~" 하고 지적한다. 나도 신나서 아이들에게 손을 흔들어준다. "에이요오~ 반가워~"

그날도 어김없이 동네를 어슬렁대고 있었다. 자주 마주치는 야쿠르트 아주머니가 나를 보고 의미심장하게 웃으신다.

"신문에서 봤어요."

네, 신문요? 무슨 신문을 봤다는 것인지…….

"00신문에서 봤어요. 만화책인가 뭔가, 만드는 법을 가르친다고 하대. 어쩐지 예술가라고 생각은 하고 있었어요."

도서관에서 그림책 만들기 수업을 했는데 지역 신문에서 취재를 해갔다. 잊어버리고 있었는데 그게 신문에 난 걸 보셨나 보다.

내가 무엇 하는 사람인지 알게 된 아주머니는 계속 나를 보고 묘한 웃음을 날리셨다.

그래도 알아주시니 고마웠다.

잠시 연예인이 된 듯 우쭐해졌다.

이런 식으로 우리 동네 주민들은 나의 정체를 조금씩 알아가고 계시다.

음, 저는 만화책 아니고 그림책 만드는 사람이에요. 그림책 많이들 사랑해 주세요. 그림책이 뭐냐면요. 음~

혁 . 도도도레미파

나에게는 도인들이 묻지 않는다.
왜지? 나 시간 많은데.

그림 그리면 얼마나 벌어요?

나에게 그림 그리는 삶에 만족하느냐는 질문을 한다면 "그렇다."고 대답할 것이다.

그림 그리는 일을 직업으로 삼는 것은 꽤 근사하고 재미있는 일이다. 그림 그리는 것이 좋고 내가 제일 잘하는 일이며 내가 만든 책을 보는 독자가 있다는 사실도 기분 좋다. 그렇지만 직업적으로 그림 그리며 사는 것은 그렇게 만만하지않다. 무엇이든 프로페셔널로 살아가는 것과 취미로 하는것은 차원이 다르다.

가끔 그림을 그리면서 생활이 가능한지 물어보는 독자나작가 지망생들이 있다. 이런 질문에 간단히 대답할 수 있을까? 작가마다 상황이 천차만별이고, 생활에 필요한 최소한의 금액도 저마다 다르다. 하여튼 전업 작가로 살아가며 경제적 풍요까지 누리기는 쉽지 않다.

현실을 조금 알려주면 이렇다.

먼저 동화책의 경우이다. 출판사와 계약을 하면 대부분 100만 원 정도의 계약금을 받고 작업을 시작한다. 출판사마다 조금씩 차이는 있다.

동화책에 그림을 그리면 대략 2~4%의 인세를 받는다. 이 또한 출판사마다, 책의 성격에 따라 달라질 수 있다. 대략 인세를 3%라고 본다면 1만 원 가격의 동화책 한 권당 300원이 삽화가의 몫이다. 이게 1만 권이 팔리면 300만 원의 인세를 받게 된다. 그런데 동화책이 1만 권이 팔리기는 쉬운 일이 아니다. 출판 호황기에는 가능했겠지만 요즘 같은 상황에서는 쉽지 않다. 대략 5천 권 선인세를 받는다면, 1만 원 X3%X5천 권이니까 150만 원이 된다. 앞서 100만 원의 계약금을 받았다면 출간 후에는 나머지 50만 원을 받는다. 그것도 세금을 제하고.

그런데 이 책이 5천 권 이상이 팔리지 못하면 더 이상 들어오는 인세가 없다. 그러니까 책 한 권에 들어가는 그림을 열심히 그려도 150만 원을 받는 것이 끝일 수도 있다. 구체적인 계약 조건은 출판사마다 다르지만, 열심히 그림을 그린 노력에 비하면 적은 돈이다.

이번에는 그림책의 경우를 보자. 그림책 학교를 다니면서 더미북을 준비하는 경우도 있고, 혼자서 준비하는 경우도 있다. 그림책 학교를 다니는 경우 공동 전시회를 여는데 이때 출판 관계자들이 보러 온다. 관심을 보이는 출판사가 있다 해도 계약이 바로 성사되는 건 아니다.

개인적으로 더미북을 만든 경우에는 출판사에 보내고 연락을 기다린다. 그리고 "작가님의 작품은 우리 출판사에서 출간하기 어렵다는 결정을 하게 되었습니다. 다음에 좋은 작품으로 만나기를 기원합니다."라는 답장을 받는다. '나는 왜 안 되는 것일까.' 하는 자괴감에 빠진다.

좀 더 준비를 해서 다른 출판사들에 보내고, 편집자를 만날 기회가 생기면 내 더미북을 보여준다. 다행히 그림책으로 만들어보자는 제안을 받게 된다.

그림책의 경우 계약 조건은 대략 이렇다. 글, 그림을 모두 진행하는 경우에는 10%의 인세를, 그림만 그리는 경우에는 4~6%의 인세를 받는다. 글, 그림을 모두 진행하는 경우에는 작업 시간이 오래 걸린다. 짧게는 1년, 길게는 4~5년. 혹은 그 이상 작업하는 경우도 있다.

이렇게 출간된 책이 3천 권이 팔린다고 가정하고 그에 해당하는 선인세를 받는다고 보면 1만 2천 원×10%×3천 권이니까 360만 원의 선인세를 받게 된다. 물론 책이 계속 팔리면 더 많은 인세를 받게 되지만 더 이상 팔리지 않는 경우도 다반사이니 몇 년을 매달려 노력한 것에 비해 미미한 돈을 손에 쥘 수밖에 없다.

물론 몇 년 동안 이 한 권의 책에만 매달리지는 않을 것이다. 그렇다고 하더라도 준비한 기간과 기울인 노력을 생각하면 현실적으로 너무 적은 금액이다. 게다가 어렵게 나온 책이 주목을 받지 못한다면 더욱 힘이 빠지게 된다.

이렇게 오랜 시간을 공을 들이고도 큰 돈을 벌지도 못하는 일에 왜 이렇게 많은 사람들이 매달리는 걸까. 도대체 그림책에 어떤 매력이 있기에 많은 작가 지망생들이 여러 그림책 학교를 찾고 그림책 작가가 되고 싶어 하는 것일까.

어린 시절 보았던 마음을 사로잡았던 한 권의 그림책. 어른이 되어 도서관에서 만난 멋진 그림책. 전시회에서 우연히 본 그림책 원화 한 점. 혹은 엄마가 되어 아이에게 그림책을 읽어주다가 만난 그림책 덕분에 작가의 꿈을 꾸게 된 것일 수도 있다. 어떤 것이든 그들이 그림책 세계에 발 들인 결정적 순간이 있을 것이다. 그림책에 빠져버린 계기가 있을 것이다.

내가 하고 싶은 일이어서, 내가 만들고 싶은 책이 있어서 오늘도 많은 작가들이 그림책에 매달린다. 좋은 책을 만들고 있는 작가들이 부디 힘을 내서 오래도록 책을 내면 좋겠다. 그림책을 만드는 출판 환경도 더 좋아지면 좋겠다.

그림책 작가들, 작가 지망생들 여러분. 건투를 빈다.

오랜만에

하루 종일

아무 전화도 안 왔다.

좋기도 하고. 싫기도 하다

조용하다

이제 일이 없나?

전화가 오지 않는다

며칠 동안 조용하다. 전화도 뜸하고 약속도 없다. 급하게 마감할 일도 없다. 바쁜 일들은 대부분 끝났다. 이럴 때는 조금 게으름을 피우고 뒹굴거리며 하루 종일 멍하게 있고 싶다.

프리랜서는 항상 일이 들쑥날쑥하다. 바빠서 정신없이 보낼 때는 어서 이 일들을 다 끝내고 싶은 마음뿐이다. 하지만 일이 없어 며칠 쉬다 보면 마음이 불편하다. 그래도 쉴 수 있을 때 쉬어야 한다. 언제 또 폭풍우가 몰아칠지 모르니까.

영화나 보러 갈까? 스마트폰으로 살펴 봐도 마땅히 보고 싶은 영화가 없다. 캠핑이나 가볼까? 아이들은 학교 가느라 바쁜데 나 혼자 가려니 왠지 흥도 안 나고 눈치가 보인다. 인터넷 서핑도 하고 페이스북도 기웃거리며 시답지 않은 댓글 놀이를 하며 시간을 보낸다. 이때까지가 좋을 때다. 며칠을 이렇게 보내면 슬슬 기분이 이상하다. 뒤통수에 서늘한 느낌이 전해진다.

'왜 출판사에서 연락이 안 오는 거지? 내가 보낸 스케치가

그렇게 이상한가?'

'다른 출판사에서 새 책 작업하자고 연락 올 때가 됐는데 왜 아무 말이 없지?'

이런 얘기를 종종 듣는다.

"작가님은 이제 그런 걱정은 안 하셔도 되지 않나요? 일이 계속 들어올 텐데."

하지만 오랫동안 일을 한 작가들도 미래에 대한 불안 앞에서는 예외가 없다. 일을 하면서 다음 일이 예정되어 있지 않으면 걱정이 앞선다.

이때 전화벨이 울린다.

"따르릉~"

"네, 김중석입니다. 스케치 수정 사항 보냈다고요? 네. 확인해 볼게요."

아휴, 스케치 수정이 한 무더기다. 조용한 날도 끝났다.

역시 놀 수 있을 때 놀아야 한다.

짧은 휴가 끝.

안되겠다. 우산 하나
주세요.

5000원

어! 비가 그쳤네.
멋진
날이구만!

편의점

무엇이 되겠다는 계획이 없다

내 눈에는 계획을 아주 구체적으로 세우는 사람들이 신기해 보인다.

새해에는 무엇을 해 보겠다, 어디어디를 가 보겠다, 돈을 더 많이 벌어 보겠다, 참으로 다양한 계획을 세우며 한 해를 시작한다. 나는 그렇게 하지 않는다. 가끔 계획을 세워 보기도 하지만 연말에 보면 계획대로 되어 있는 경우가 없다.

무엇을 계획하지 않으면 못 견디는 사람들이 있다. 회사나 조직에서는 신년 사업 계획을 세우고 추진한다. 계획에 맞춰 일을 진행해야 예산도 효율적으로 사용할 수 있다.

그런데 오락가락 내 맘대로 살아온 나 같은 사람은 그런게 잘 안 된다. 내가 살아온 시간들을 되돌아보니 무엇을 계획하며 살아온 것 같지는 않다. 그냥 흘러가는 대로 몸을 맡기면 어느 날 어딘가에 도달해 있는 나를 발견하게 된다.

살다보면 신기한 일이 여러 가지 있지만, 지금 이 책을 쓰는 것도 크나큰 신기한 일 중 하나다. 내가 책을 쓰다니. 몇 년 전만 해도 상상도 하지 못한 일이다.

A4 한 장도 겨우 채우던 내가 에세이집을 내게 되다니. 게다가 또 다른 책도 계약해 두었으니 당분간 글 쓸 일이 많을 듯하다.

나는 재미있는 제안을 받으면 거절하지 않는 편이다. 할 수 있는 계기가 생겼고 재미있을 것 같아서 해 봤다. 계획하지 않고 부딪쳐 본 것이 좋은 결과를 낳기도 하고, 아무것도 아닌 것이 되기도 한다. 그럼 뭐 할 수 없는 거고.

이 책이 나오면 또 무슨 일들이 생길까? 책을 팔러(?) 전국 책방 투어를 하게 될까. 책이 너무 잘 팔려서 더 많은 책을 써 달라는 의뢰를 받게 될까. 유명 TV 프로그램에 나가서 유명인이 되어 버릴지도.

나도 모르는 일이다. 계획된 일은 하나도 없다. 그래서 재미있다.

쓸모가 있을 것이다

뭔가 배우는 걸 좋아하지 않는다. 따로 시간도 내야 되고 돈도 투자해야 새로운 것을 배울 수 있는데 그런 것을 귀찮아하는 것 같다.

내 주변에는 항상 무언가를 배우는 분들이 있다. 그림을 배우는가 싶으면 악기를 배우러 다니고 이런 저런 강연을 들으러 다닌다. 참 부지런한 분들이다.

새로운 것을 익히려면 힘든 시간을 견뎌내야 한다. 새로운 공간에서 낯선 사람들을 만나도 금방 친숙해져야 한다. 빨리 잘하고 싶어서 몸이 배배 꼬이는 것을 견뎌야 한다. 잘하고 싶은 마음과 그렇지 못한 현실 사이에서 고생을 하게 된다.

배울 때는 힘들고 고통스럽지만 나중에 유용하게 쓰이는 것들이 있다. 수영을 배워 두면 위급할 때 생명을 구할 수 있다.(나도 수영을 배워 봤지만 누구나 유용하게 쓸 수 있는 것 같지 않다. 지독하게 실력이 늘지 않는 나 같은 몸치도 있다) 외국어를 유창하게 할 줄 알면 얼마나 좋을까. 다양한 책을 읽을 수 있고 풍부한 정보를 찾을 수 있다. 여행하면서 많은 사람들과 사귈 수도 있고 여행지를 더 깊이 이해할 수도 있다.

그렇다고 내가 아무것도 배우지 않은 것은 아니다. 우연히 익힌 기술을 유용하게 쓴 경우들이 있다.

그림 그리는 일을 하기 전에 회사를 몇 군데 다녔는데 보수도 적고 일도 힘들어서 금방 그만두곤 했다. '이런 일들이 내 장래에 무슨 도움이 될까.' 하는 생각에 시달렸다. 그런데 그때 익혔던 기술이 지금 하는 일에 도움이 되는 걸 보면 참 신기한 일이다.

매년 5월에는 '파주출판도시 어린이책잔치'가 열린다. 우연한 기회에 어린이책잔치 프로그램 중 하나인 '그림책 전시' 기획을 맡게 되었다. 그림책은 아무래도 출판 위주다 보니 그림책의 원화로 전시회를 열고, 작가의 스케치와 더미북을 보여주는 전시가 대부분이다. 그런데 최근에는 관람객이 그림책을 읽고 책 내용을 직접 체험할 수 있는 전시로 거듭나고 있다.

그림책 전시 기획을 하게 될 줄도 몰랐지만, 이 일을 하면서 예전 회사에서 배운 기술을 쓰게 될 줄 나도 몰랐다.

'프로그램 개발 회사'(자바 기반으로 오피스 프로그램을 만드는 회사. 워드, 엑셀, 파워포인트를 우리 상황에 맞게 개발하는 회사였다)에 다닐 때 사용했던 프로그램(워드, 파워포인트)들이 전시 기획을 진행하는 데 도움이 된다.

전시장을 꾸미거나 소품을 만들 때는 '옥외 광고 회사'에 다닌 것이 도움이 된다. 사회생활을 간판 디자인으로 시작했는데 이때의 경험이 지금 하는 일에 도움이 될 줄은 정말 몰랐다. 전시를 하다 보면 여러 가지 홍보물을 만들어야 할 일이 많은데 이 회사를 다닌 경험 덕분에 어렵지 않게 일을 할 수 있다.

이 외에도 아파트 슈퍼 그래픽 디자인, 모델하우스 사인물 제작, 백화점 디스플레이, 인테리어 현장 등 조금씩 기웃거리며 익힌 기술들이 지금 하는 일에 도움이 되고 있다.

이런 경험을 하다 보면 쓸모없는 시간은 없다는 생각을 자주 하게 된다. 하릴없이 빈둥거렸던 시간들, 일을 하고 싶어도 일이 없었던 시간들, 일과 일 사이에 비어 있던 무료한 시간들, 재미없는 일이라고 생각하며 억지로 버텼던 순간들. 이 모든 순간들이 나에게 필요한 시간이었다. 그런 비어 있는 시간들이 없이 꽉 채워서 살기만 했다면 나는 어떤 사람이 되어 있을까. 숨 돌릴 시간 없이 뛰어오기만 했다면.

지금 보내는 이 비어 있는 시간들 또한 지나서 돌아보면 다 쓸모가 있을 것이다. 반드시.

외롭다~

며칠 동안 계속 나댔더니
힘들다. 혼자 있고 싶다.

혼자는
외로워~

혼자있으면 외롭고, 나오면
들어가고싶은 이 마음은 뭐지

아는 사람이 많으시네요

"발이 참 넓으신 것 같아요."라는 이야기를 자주 듣는다. (내가 발이 좀 넓긴 하지. 옆으로도 넓고 앞뒤로도 넓고……)

어린이 문학 판에서 10년 넘게 일을 했고 여러 출판사와 작업을 했고 여러 모임에도 열심히 돌아다녔으니 안면이 있는 분들이 꽤 많은 편이다. 그림책 전시 기획 일을 하다 보면 그림작가들은 물론 여러 종류의 단체 사람들과도 만난다. 자연히 아는 사람이 많아질 수밖에. 출판계는 그리 넓지 않아서 몇 년 돌아다니면 서로들 연결되어 있는 것을 알 수 있다.

대부분의 작가들은 혼자만의 시간을 필요로 한다. 그런데 나는 여기저기 많이 돌아다니는 편이다. 사람 만나는 것을 힘들어하지 않는다. 고등학교 때부터 학생회나 여러 모임에 속해 있었고 다양한 사람들을 만나서 다양한 일들을 벌여온 탓인 것 같다.

이렇게 여러 사람과 알고 지내다 보니 개인적인 만남도 많을 것처럼 보이나 보다. 사실 그렇진 않다. 많은 사람들과 알고 지내지만 개인적으로 자주 만나고 속내까지 이야기하는 지인은 그리 많지 않다.

그중 한 사람이 나를 두고 이렇게 표현했다.

"마당까지는 사람들을 불러들여 즐겁게 놀지만 방 안에는 사람을 잘 들이지 않는 사람."

딱 맞다는 생각이 들었다. 아이쿠!(대단하십니다)

누군가와 친해지면 그의 시시콜콜한 모든 것을 알아야 한다고 생각하는 사람들이 있다. 그래야 진정한 친구이고 동지라고 여긴다. 술이 거하게 취해서 서로 "형님" "동생" 하면서 스킨쉽을 나눠야 더 친밀해진다고 생각한다.

나는 그렇게 하고 싶진 않다. 지금이 좋다.

지금의 이 관계들이 좋다.

그린다는 것, 쓴다는 것

어린이 책에 삽화를 그리면 동화작가들을 만날 일이 많다. 함께 책을 만들다 보면 나와 잘 맞는 작가도 있고 그 반대의 경우도 있다. 가끔 글작가 얼굴도 보지 못하고 책이 나올 때도 있고 동화작가와의 친분 때문에 일을 하게 되는 경우도 있다.

책 만드는 일을 하다 보면 함께 일을 하지 않더라도 안면을 익히는 작가들이 늘어간다. 각종 시상식이나 연말 모임에 가서 동화작가들을 만나면 서로 분야는 다르지만 동업자 관계랄까. 뭐 그런 동료 같은 느낌이 있다. 개인적인 그림 작업만 했다면 전혀 모르고 지냈을 사람들과 친분이 생기는 것이다.

친하게 지내는 글작가 중에 송미경 작가가 있다. 송미경 작가와는 페이스북을 통해 친해졌다. 이전까지 나는 (죄송하게도) 송 작가를 모르고 있었다. 여러 작가의 글을 모은 단편집에 그림을 그린 적이 있는데 그때 송 작가의 글에 내가 그림을 그리면서 우리의 인연이 시작됐다. 가까운 곳에 살고 개그 코드(?)가 잘 맞아서 함께 하는 일이 많아졌다.

그러던 중 송 작가의 노트를 볼 기회에 있었는데 그림 솜씨가 보통이 아니라는 것을 알게 되었다. 고등학교 때 미술대학 진학을 고민했을 만큼 그림에 재능이 있었다. 그림만 잘 그리는 것이 아니라 이야기와 그림이 어우러져서 만들어내는 감성이 신선하고 재미있었다.

나는 송 작가에게 '개인전'을 열어 보는 게 어떻겠냐고 제안했다. 송 작가는 조금 망설였다. 그려둔 그림도 많지 않고 전시회를 해 본 적도 없어서 어떻게 해야 할지 모르겠다고 했다. 내가 도움을 주겠다고 하고는 갤러리를 찾아보았다.

마침 좋은 기회가 생겼다. 전직 편집자가 서촌에 '갤러리 우물'이라는 공간을 열게 됐다는 소식을 들었다. 공간을 둘러보니 송 작가의 작품과 잘 어울리겠다는 느낌이 왔다. 송 작가를 설득했다. 드로잉을 정리하고 캔버스에 그림을 몇 개 더 그려보자고 했다. 그림이 나오자 액자를 맞췄다. SNS에 전시 홍보를 했다. 많은 분들이 전시에 와 주었다. 송 작가는 매일 두 번씩 직접 작품을 설명하는 시간도 가졌다. 작품 설명을 들으며 눈물을 훔치는 관객도 있었다.

이야기와 그림이 만나니 생각지도 못한 시너지가 생겼다. 성공적인 전시였다. 물론 판매도 많이 되었고.

내가 도움이 됐다는 사실이 기뻤다.

사실 내가 글을 쓰기 시작한 건 송 작가 덕분이다. 송 작가가 잡지에 연재를 하게 되었는데, 잡지사에 나를 필자로 추천한 것이다. 그때까지 나는 글을 쓰는 것은 나와 전혀 관련 없는 일이라고 생각했다. 글을 길게 써본 적도 없었다.

그런데 송 작가가 페이스북에 내가 쓴 글을 보더니 가능성이 있다고 한번 해 보라는 것이다. 해 보지 않은 일에 대한 호기심이 생겼다. 그렇게 잡지에 연재를 시작했고, 그러다 보니 이렇게 에세이도 쓰게 되었다. 신기한 일이다.

송작가와 나는 '글작가가 그림을 그릴 때의 마음'과 '그림작가가 글을 쓸 때의 태도'에 대해서 이야기를 많이 나눴다. 그림을 그리는 것과 글을 쓰는 것은 다르게 보이지만 비슷한 부분도 많다. 무언가를 만들다 보면 원하는 대로 잘 풀리지 않을 때 큰 고통이 따른다. 다른 점도 있다. 글을 쓸 때는 하루 종일 그것에만 집중해야한다. 글을 쓰지 않는 시간에도 글에 대해 생각해야 한다. 개운치 않은 상태가 종일 유지된다. 그러다가 마음에 드는 글이 나오기라도 하면 하늘을 날 듯 몸이 가볍고 기분이 상쾌해진다.

글작가 입장에서는 그림을 그리는 동안에는 머리를 비우고 오로지 그림만 볼 수 있어서 좋다고 했다. 그림 그리는 일은 정신적인 일이지만 또한 육체적인 일이다. 그림에 집중해서 몇 시간을 보내면 온갖 잡생각들을 떨쳐버릴 수 있다.

머릿속이 차분해진다.

글을 써보니 하루 종일 머리가 가득 차 있는 느낌이다. 그림은 이야기를 하면서도 그릴 수 있고 가사가 나오는 음악을 들으면서도 할 수 있다. 아무래도 나에게 제일 잘 맞는 일은 그림 그리는 일이라는 걸 확실하게 깨닫는다.

쓴다는 것과 그린다는 것. 우리 모두에게 소중한 일이다. 살아있는 이유이기도 하다. 게다가 재미있다.

해 보기 전에는 모를 일이다.

작가 가족

우리 집에는 작가가 많다. 작가투성이다. 분야만 다를 뿐 우리 형제 부부는 모두 작가다. 나와 아내는 그림작가, 내 동생은 소설가, 제수씨는 동화작가다.

이런 상황을 아는 사람들은 "예술가 집안이네요!" "작가 가족이네요." 하며 신기해한다. 작가 가족이라서 좋은 점은 무엇인지, 모이면 어떤 이야기를 하는지 궁금해 한다.

작가 가족이라서 좋은 점이 뭐가 있을까. 서로의 사정을 잘 알아서 좋다. 가족이라도 하는 일이 너무 다르면 공통 화제를 찾기 어려워 벽을 느낄 수도 있는데 우리는 모두 출판 분야에 있으니 이야기가 잘 통한다. 서로의 작품을 평해주기도 하고 격려해주기도 한다. 이 책을 쓰면서도 많은 도움을 받았다.

현재 모습만 보면 작가들끼리 만나서 가족을 이룬 것 같지만 그렇지는 않다. 결혼할 무렵에 나는 회사원이었고 아내도 미술대학을 졸업하고 미술교습소를 하고 있었다. 대학에서 그림을 공부했지만 우리가 그림책 작가가 될 것이라고는 생각하지도 못했다.

대구에서 신혼 생활을 시작한 우리는 현실적으로 전업 작가로 살아가기 힘들다는 것을 잘 알고 있었다. 생계 때문에 그림과는 점점 멀어지고 있었다. 그러다가 아이를 낳아 기르며 그림책이라는 것을 접하게 되었다. 그때는 아직 그림책을 읽는 독자였을 뿐 그림책을 만들고 싶다는 생각은 해보지 않았다.

시간이 흘러 서울 쪽으로 오게 되었고, 나는 우연히 그림책 작가가 되었다. 내가 작업하는 것을 지켜보던 아내도 그림책 작업에 관심을 보였다. 더미북을 만들어 출판사에 보냈고 그림책을 내게 되었다. 그렇게 아내도 작가가 됐다.

동생도 결혼할 때는 작가 지망생이었다. 번번이 공모전에 떨어지다가 결혼 후 몇 년이 지나서야 소설가로 데뷔했다. 나중에 들은 얘기지만 계속 떨어지니까 포기하려고 마음먹었을 무렵에 기적적으로 등단했다고 한다. 제수씨도 동화작가가 되기 위해 오랜 습작기를 거쳤다. 아이들에게 글쓰기를 가르치며 계속 도전한 끝에 작가로 등단하게 된 것이다.

두 형제가 작가다 보니 어머니만의 특별한 교육법이 있었는지 물으시는 분들도 많다. 곰곰이 생각해봐도 특별한 건 떠오르지는 않는다. 조금 다른 게 있었다면 '간섭하지 않는 것'이다. 어머니는 우리가 무엇을 하든 그냥 지켜봐 주셨다.

나를 믿고 있다는 생각이 들었다.

최근에야 안 사실이 있다. 어머니는 아주 예전부터 일기를 써 오셨다. 아들들의 어린 시절부터 큰 아들의 결혼식, 첫 손녀가 태어났을 때……. 중요한 순간들을 빠뜨리지 않고 솔직하게 글로 남겨 놓으셨다. 맞춤법은 틀리고 문장은 서투르지만 글이 아주 매끄러워서 우리 모두 깜짝 놀랐다. 끊임없이 기록해왔다는 사실에 놀라고 유려한 글 솜씨에 다시 한번 놀랐다. 어머니는 어려웠던 시절을 보낸 터라 많이 배우지 못하셨지만 지금도 아들들이 만든 책은 모두 읽으신다.

아버지는 손재주가 좋으셨다. 무엇이든 손으로 척척 잘 만드시고 튼튼하게 만드셨다. 젊은 시절에는 재봉틀을 배우셔서 손에 잡히는 건 뭐든 드르륵 박아버리는 재주가 보이셨다. 생활에 필요한 물건들을 뚝딱 고쳐서 사용하셨다. 우리 형제가 무언가 만드는 것은 아버지의 재주를 닮아서가 아닐까 짐작해본다.

그런데 우리 집 두 아이가 심상치 않다. 딸과 아들은 그림 그리기를 좋아하고 글도 제법 쓴다.(객관적이진 않습니다. 내 자식들이니까요) 좋아해야 하나. 작가의 길은 멀고 험난하다고 해야 하나.

어머니가 우리에게 그랬듯이 그저 지켜봐야겠다. 시간이 지나면 뭐라도 되겠지. 아무렴.

아침에는 괜찮더니
오후에는 비가 온다.

아이를 마중하러 학교에 갔다.

아빠와 함께한 이 날을
아이는 아름답게 기억하겠지~
후훗~

캠핑의 추억

캠핑을 다니기 전까지 별다른 취미가 없었다. 그림 그리는 것 외에 다른 일에는 별로 관심도 없고 그냥 멍하게 있거나 책이나 영화를 보는 게 취미라면 취미였다.

아내와 대형마트에 장을 보러 갔다가 우연히 아웃도어 매장을 둘러보게 됐다. 아내는 어린 시절 아빠와 캠핑을 많이 다녔다는 이야기를 들려주며 우리도 텐트를 사서 캠핑을 다녀보자고 했다.

"가족끼리 여행 가면 어딜 가든 돈이 꽤 들잖아? 텐트 사서 놀러 다니면 여기저기 마음대로 돌아다니고 돈도 많이 절약될 거야. 몇 번만 다니면 본전 뽑을 것 같은데, 어때?"

나는 아내의 논리에 금방 설득됐다.

"그래? 재밌겠네. 애들도 좋아할 거야, 그치?"

다들 그렇게 캠핑을 시작한다.

텐트 하나 장만해서 캠핑 몇 번 다니면 금방 본전을 뽑을 것 같다. 그다음에 더 많은 투자(?)가 필요하다는 사실을 미처 모르는 것이다.

텐트를 사고 나면 새로운 장비들이 눈에 들어온다. 이것저것 필요한 것들은 왜 그리 많은지. 사람이 밖에 나가서 하룻밤 자는데 무슨 짐이 그리 많이 필요한지. 새로 나온 텐트를 보면 사고 싶고, 쓰던 장비를 팔고 중고로 다른 걸 사고 어째 사야 할 것투성이다.(꼭 필요해서 물건을 사는 건 아니다) 이런 미래를 전혀 모른 채 우리는 덜컥 텐트를 샀다.

처음 우리 가족이 찾은 곳은 한탄강 캠핑장이었다. 침낭이 없어서 이불을 싸들고, 코펠을 준비 못해서 집에 있는 냄비와 밥그릇을 챙겨서 떠났다. 이대로 피난을 떠나도 될 만큼의 짐이었다. 캠핑장에 온 다른 사람들도 이사를 왔는데 우리와는 굉장히 달랐다. 침대를 갖춘 커다란 텐트, 야외에서 영화를 보고 장작불을 피우고 바비큐를 해먹는 사람들. 문화 충격을 받았다.

그렇다고 꿀릴 필요가 없었다, 고 말하고 싶지만 우리의 행색은 너무나 초라했다. 다행히 아이들은 간만의 가족 나들이에 신나 했다. 반찬도 별로 없는 밥상을 좋아라 즐겼고, 4인용 자전거를 같이 타면서 캠핑의 즐거움을 만끽했다.

밤하늘은 아름다웠다. 공기도 선선했다. 도시에서 느끼는 그런 공기가 아니었다. 다른 세계였다. 조금은 서늘한 바람이 불었지만 그런대로 견딜 만했다. 스르르 잠이 들었다.

새벽녘에 이상한 소리가 들리기 시작했다. 비가 내리기

시작한 것이다. 밖으로 나가 주변을 살펴보았다. 별일 없어 보였다. 하지만 조금 후 바닥에 빗물이 스며들기 시작했다. 이런 엉터리 텐트! 욕할 틈도 없이 서둘러 대책을 세워야 했다. 주변을 정비하고 빗물이 다른 곳으로 빠지도록 유도하고 비가 더 오지 않을까 노심초사 하다 보니 날이 훤하게 밝아왔다. 나중에 알고 보니 텐트 바닥을 더 단단하게 챙겼어야 했는데 그런 준비가 부족했다. 아이들은 아무것도 모르고 잠에서 깼다. 애들의 밝은 얼굴을 보니 피로가 사라졌다. 라면을 끓여 먹으면서도 뭐가 그리 좋은지 까르르하며 즐거운 시간을 보냈다.

이날 이후 하나씩 장비를 모으기 시작했다. 큰 맘 먹고 큰 대형 텐트도 장만하고 코펠도 갖추고 여러 가지 장비를 사 모았다. 야외로 나가 가족들이 함께 밥을 해먹고 뛰어노는 시간이 너무 행복했다.

그것도 잠시. 아이들이 자꾸 커 가니 캠핑 떠나기가 쉽지 않다. 저마다 바쁘다 보니 시간 맞추기도 쉽지가 않다.

우리 가족의 첫 번째 캠핑, 빗물이 새어 들어오던 그 텐트가 가끔 떠오른다. 무엇이든 처음의 추억이 강하게 남는 법인가 보다.

우리 아이가 그럴 리가 없어요

둘째 아이가 사라졌다. 감쪽같이 사라졌다. 영어 학원에 있어야 할 아이가 학원에 나타나지 않았다는 것을 안 것은 다 늦은 저녁이었다.

초등학교 6학년 남자애가 도대체 어디로 사라진 것일까? 귀신이 곡할 노릇이었다. 이미 해가 떨어져 어두워진 시간이었다. 혼자 버스를 타본 적도 없는 아이였다. 혼자 어디를 가는 것은 상상할 수 없는 일이었다.

우리 부부는 가까운 경찰 지구대로 달려가 허겁지겁 실종 신고를 했다. 아이의 사진을 찾아서 등록하고 인상 착의를 알려줬다.

"평소 친하게 지내는 친구가 없나요? 친구하고 어디 놀러 갔을 수도 있는데."

"아니에요. 우리 애는 놀아도 동네에서 놀지 버스 타고 어디 멀리 갈 애가 아니에요."

"어머님, 조금 차분히 생각해보세요. 아이가 혹시 어디 간다고 하지 않았나요?"

"아니에요. 아니에요. 그런 적 없어요."

아이의 핸드폰에는 현재 위치를 알려주는 프로그램이 깔려 있었다. 아이의 위치가 자꾸 바뀠다. 경기도 일산에 살고 있는 아이가 광화문에 나타나고 잠시 뒤에는 용산에 나타났다. 너무 빠르게 움직인다. 자동차를 타지 않고는 불가능한 속도였다.

아내는 실신하기 직전이었다. 울며 불며 난리가 났다. 당장 아이의 위치로 표시되는 곳으로 차를 타고 달리기 시작했다. 경찰과도 계속 연락을 주고받았다. 누군가 납치를 하지 않았다면 계속 이렇게 움직일 수 없다.

용산 경찰서 아동청소년과에 갔다.

"혹시 연락된 거 없나요?"

"저희도 계속 순찰차에 연락을 취하고 있습니다. 이런 경우 아이가 잠깐 가출한 경우가 많습니다. 차분히 연락을 기다리시면······."

"아니에요. 우리 애는 혼자 버스도 못 타는 애예요."

경찰들은 일단 집으로 가서 기다리라고 했다. 우리는 집 근처 경찰서에서 기다리기로 했다.

일산 경찰서 아동청소년과에 가니 당직 경찰관이 근무 중이었다. 우리와 계속 연락을 주고받으며 아이의 위치를 알려주던 경찰이었다.

경찰과 함께 아이의 위치를 지켜보니 아이가 집 쪽으로 움직이기 시작했다. 우리는 혹여 배터리가 다 닳아서 휴대폰이 꺼질까 봐 전화 걸기도 조심스러웠다. 경찰이 아이에게 계속 문자를 보냈다.

드디어 아이에게서 답장이 왔다.

"집으로 가고 있어요."

아이가 탄 지하철이 다가온다. 이 지하철을 탄 게 분명하다. 두근두근, 지하철 도착 알림을 보고 있는 마음이 타 들어갔다.

드디어 지하철이 도착했다. 그런데 아이의 모습이 보이지 않았다. 나는 아이의 습관을 생각해서 제일 마지막 칸 앞에서 기다리고 있었다. 행동이 느린 아이는 지하철 끝 쪽에 있을 것이 분명했다. 사람들이 내리는데 아이가 보이지 않는다. 심장이 터질 것 같다.

그때 아이가 보였다. 덤덤한 표정이었다.

아무 일도 없다는 듯한 표정.

나는 아이를 와락 껴안았다. 아내와 딸이 달려왔다. 우리는 이산가족 상봉이라도 한 것마냥 서로 껴안고 울음을 터뜨렸다.

우리는 말없이 아이를 꼭 안아주었다.

나중에 아이에게 들은 사건 일지는 이러하다.

그날 갑자기 학원에 가기 싫더란다. 평소 좋아하는 연예인인 <보니 하니>의 '하니'를 만나기 위해서 소속사를 찾아가 보기로 한다. 인터넷에 검색해 보니 소속사는 강남구 어딘가에 있다고 했다.

아이는 버스를 타고 대화역에 가서 3호선을 탄다. 중간에 환승을 하고 '하니'의 소속사 근처 지하철역에 내렸다. 어디가 어딘지 알 수 없어서 택시도 탔다. 정말 겁도 없이. 택시를 타고 소속사에 도착하니 불이 꺼져 있었다.

그제야 정신을 차리고 다시 왔던 코스를 되돌아서 집으로 돌아온 것이다. 그 와중에 서브웨이에 가서 샌드위치로 저녁까지 해결하고.

이렇게 시간이 오래 걸릴 줄 몰랐단다. 엄마가 퇴근하기 전에 충분히 갔다 올 수 있을 거라고 생각했단다. 평소에 휴대폰을 잘 사용하지 않아서 가방에 넣어 두고는 확인할 생각도 하지 않았다고 한다. 세상에나.

우리는 경찰서에서 계속 이렇게 말했다.

"우리 애는 혼자서 버스도 못 타요. 절대 혼자서 멀리 갈 수 있는 애가 아니에요."

절대로 혼자 버스를 못 탄다고?

버스도 타고 전철도 타고 택시까지 탔어요.

게다가 혼자 저녁도 사 먹었지요.

우리가 그동안 아이를 너무 '아기' 취급한 것 같다. 훌쩍 커버린 아이를 우리만 모르고 있었다.

우리가 모르는 사이 쑥쑥 자라고 있었구나. 대견하다, 아들. 하지만 다음에는 말없이 없어지기 없기다.

우리가 걱정하잖아.

네이버에서 내 이름을 검색하면

　나만 그런가? 내 이름을 초록색 검색창에 자주 넣어본다. 내 활동이 잘 노출되고 있는지, 내 책을 읽은 독자들의 반응은 어떤지 궁금하다.

　'김중석'을 검색하면 가장 먼저 '00일보 사장 김중석'이 눈에 띈다. 한 번도 뵌 적 없지만 매번 검색 때마다 뵙다 보니 꽤 익숙하다. 실제로 만나면 아주 반가울 것 같다. 이 분은 언론사 대표라 그런지 관련 기사도 많고 여러 가지 활동들이 눈에 띈다.

　다른 김중석은 누가 있나? '의사 김중석'이 보이고 '어딘지는 알 수 없는 기업의 전 사장 김중석'도 보인다.

　그런데 항상 궁금한 것이 있다. 이 분들 프로필에는 사진도 있고 간단한 이력도 소개되어 있다. 나도 많은 책에 그림을 그렸고 여러 가지 활동도 많이 하는데 내 사진과 이력은 네이버에서 찾을 수 없다. 내가 꼭 굳이 여기에 얼굴을 노출하고 싶어서 그러는 것은 아니다. 정말이다. 그런데도 괜히 섭섭한 마음이 들 때가 있다. 뭐 어쩌겠나. 그림을 더 열심히 그리고 책도 많이 내야지.

이쯤에서 궁금한 게 생긴다. 다른 그림책 작가들의 정보는 제대로 제공되고 있을까?

《구름빵》의 백희나 작가를 검색해본다. 프로필 사진이 떡하니 나오고 이력도 다양하게 소개된다. 역시 유명작가라 다르군. 그런데 작가의 이름 옆에 '동화작가, 일러스트레이터'라고 적혀 있다. 일러스트레이터는 그렇다 치더라도 '동화작가'라니. 백희나 작가가 동화도 쓰셨나? 백희나 작가는 당연히 '그림책 작가'다.

이번에는 이억배 작가를 검색해봤다. 이름이 독특하니까 다른 사람과 겹치지 않을 것이라는 생각에서다. 이번에는 '작가'라고 표기되어 있다. 그나마 다행이다. 두루뭉술하지만 괜찮은 편이다. 이어서 이수지 작가를 검색하니 '이수지'라는 이름의 연예인이 나오고 또 다른 인물 중에서 '동화작가 이수지'가 보인다. 에휴, 여기도 마찬가지다.

계속 검색을 해 봐도 결과는 비슷하다. 이게 뭐가 문제냐고? 뭐가 문제인지 모르겠다고?

네이버 직원의 실수일 수도 있다. 하지만 그림책 작가를 '동화작가'라고 표현하는 것은 그림책 장르에 대한 잘못된 이해를 보여주는 대목이란 생각이 든다. 그림책과 동화책은 엄연히 다르다. 그런데도 그림책과 동화책을 구분하지 않고 어린이를 위한 책이라는 의미로 '동화책'이라고 두루뭉술 묶어서 부르는 게 우리의 현실이다.

그림책은 그림이 중심이 되는 장르다. 또한 아이들만을 위한 책이 아니라 모두를 위한 책이다. 조금 더 섬세하게 분류할 때가 되지 않았나 싶다.

삽화가를 위하여

"어떤 일 하세요?"

"네, 어린이 책에 그림 그립니다."

"아, 그럼 동화작가시구나."

"아뇨, 동화작가는 동화 쓰는 글 작가를 부르는 말입니다."

"아, 그럼 그림책 작가시구나."

"아닙니다. 그림책 작가라고 하기에는 내놓을 그림책이 별로 없습니다."

그렇다. 나는 나를 소개할 때 '그림책 작가'라고 당당히 소개하지 못한다. 나를 '그림책 작가'라고 부르는 건 조금 어색하다. 글, 그림을 함께 진행한 책도 한 권 밖에 없고 그마저도 이제는 절판되어 구하기 쉽지 않은 책이 되어버렸다. 내가 만들고 싶은 그림책을 만들기 전에는 나를 '일러스트레이터'나 '그림작가'라고 불러주는 게 좋다.

'그림책 작가'라고 하면 그림책의 글과 그림을 모두 진행하는 경우를 말하지만 글만 쓰거나 그림만 그리는 작가도 그림책 작가라고 부른다. 이에 비해 '일러스트레이터'라고 하면 활동 영역이 그림으로 확실히 기운다. 일러스트레이션은 사전적으로 '어떤 의미나 내용을 시각적으로 전달하기 위하여 사용되는 삽화, 사진, 도안 따위를 통틀어 이르는 말'이다. 잡지, 단행본, 동화책 등에 그림을 그리는 사람을 일러스트레이터라고 한다. 요즘은 활동 분야가 더 넓어져서 게임이나 캐릭터 등 다양한 분야에서 일러스트레이터들이 활동하고 있다.

책에 들어가는 그림을 그리는 경우에는 '삽화가'라는 호칭을 쓰는 것도 좋다고 생각한다. 사전적 의미나 하고 있는 일로 보아도 같은 의미이다. 그런데 '일러스트레이터'라고 하면 무언가 있어(?) 보이고 삽화가라고 하면 하찮은(?) 일로 여겨지는 경우를 종종 보게 된다.

'삽화가'는 동화책이나 정보책에 그림을 그린다. 글을 해석해서 이미지로 표현한다. 글로 설명할 수 없는 것을 그림으로 보여주기도 한다. 그림은 어린이 독자들의 관심을 끌기에 충분하다. 그림은 동화책에서 중요한 부분을 차지한다. 나도 동화책에 그림을 많이 그렸다.

삽화가는 원고를 읽고 캐릭터를 분석하고, 어떤 장면을 어떻게 그릴 것인지 고민하고 고민하다 몇 번의 수정을 거쳐서 스케치를 완성한다. 어떤 기법으로 그림을 그릴지도 고민이 깊어지면 생각보다 작업 시간이 오래 걸리기도 한다. 글을 쓴 동화작가들은 빨리 책을 내고 싶어 하지만 삽화가의 스케줄이 꼬이고 그림이 잘 안 풀리면 일정이 지체되기도 한다. 편집자는 독촉하고 삽화가도 조바심이 난다. 이런 과정을 거쳐서 어렵게 책이 나오게 된다.

이렇듯 그림작가가 많은 고민을 한 끝에 수많은 삽화들이 태어난다. 그런데도 삽화는 이야기의 보조 장치나 소비자의 눈을 잡아끄는 수단으로만 인식되는 경우가 많다.

동화의 내용에 대해서는 많은 비평이 이뤄진다. 동화작가들을 대상으로 한 문학상도 많다. 하지만 삽화에 대해서는 잘 이야기되지 않는다. 새로 나온 책이 소개가 될 때도 삽화에 대한 언급은 거의 없다. 인터넷 서점에 올라오는 독자 리뷰를 보면 책 내용에 대해서만 길게 말하고 제일 끝에 '밝고 활기찬 그림으로 재미를 더했다.' 정도의 언급만 있다. 원고를 열심히 읽고 새로운 시도를 하며 그림을 그려도 그 작품을 쓴 동화작가나 담당 편집자만 알아봐 주는 것 같아서 섭섭할 때가 많다. 지금까지 수많은 동화책에 삽화를 그렸지만 그림 때문에 동화책을 샀다는 독자는 아직 만나보지 못했다. 뭔가 부잣집 건넛방에 혼자 외로이 있는 기분이다.(말을 안 해서 그렇지 동화책의 삽화를 챙겨봐 주시는 독자분들도 분명 있을 거라고 믿는다)

삽화도 작가의 고민과 실험을 통해서 나온 작품이다. 많은 그림책 작가들이 삽화를 그리며 출판 일을 시작한다. 삽화를 그리며 그림의 기초를 다지고 멋진 그림책을 만들어 낸다. 베스트셀러가 된 동화책에는 항상 멋진 삽화가 함께 한다. 동화책의 그림을 그리는 삽화가들이 제대로 대접을 받으면 좋겠다.

이제라도 우리 삽화가들에게 박수를 쳐주시길.

이 땅의 삽화가들 수고하셨어요. 토닥토닥.

나도 토닥토닥.

아니야! 나처럼 그리는 사람은 나 밖에 없어. 내가 최고야

내 마음은 롤러코스터. 내일은 떨어질 차례인가?

이보세요!

그림이
왜 이래요?

미술대학까지
나오신 분이
사람도 잘
못 그리고, 실력이...

네.
열심히
하겠습니다.
뿅 ~~~

어떻게 이 일을 하게 됐나

처음 일러스트레이터로 일을 시작했을 때가 생각난다.

삼십대 후반. 나이는 자꾸 들어가는데 무엇을 하며 살아야할지 고민이 많았다. 회사에서 디자이너로 일했지만 이일에 내 미래를 걸 수 있을 거라는 확신이 들지 않았다. 무엇을 하며 살아야 하나? 다른 직장으로 옮기기도 쉽지 않았다. 지방에서 올라와 아는 사람도 별로 없었고 새로운 회사로 옮기기에는 애매한 나이와 경력이었다. 아이는 자꾸 자랐다. 확실한 나의 일을 잡아야 한다는 생각이 매일 머릿속을 맴돌았다. 고민의 날들이 이어졌다.

내가 잘할 수 있는 일이 뭐가 있을까 떠올려봤다. '북디자인'을 해 보고 싶다는 생각이 들었다. 그림을 전공했으니 내가 표지 그림도 그리고 글씨도 쓰고 디자인을 하면 재미있을 것 같았다. 책을 열심히 읽지는 않았지만 책은 좋아했다. 책을 만지고 책장을 넘기고 아름다운 책 표지를 살펴보는 것이 좋았다. 북디자인을 하며 산다면 꽤 재미있을 것 같았다.

북디자인이 어떤 것인지 알아보기로 했다. 여러 교육 기관을 살펴보다가 한겨레 문화센터에서 개설한 북디자인 강의를 발견했다.

문화센터에는 북디자인과 관련된 강의가 몇 개 있었다. 북디자인은 알겠는데 북아트는 또 뭐지? 책에 그림을 그리는 것인가? 알고 보니 '북아트'는 책을 새롭게 꾸며서 예술 작품으로 만드는 것이었다. 내가 알고 싶은 게 북아트는 아니었다. 그래서 유명한 북디자이너 정병규 선생님의 북디자인 강의를 들어보기로 했다.

첫 시간, 강의실로 향했다.

"자, 편집자 손들어 보세요."

'편집자? 편집자는 뭐지? 편집 디자이너하고 다른 건가?'

"편집 디자이너 손들어 보세요."

'디자인을 하고 있긴 하지만 편집 디자이너는 아니고, 아, 나는 언제 손을 들어야 되는 거지?'

그렇다. 이때 나는 편집자와 디자이너도 구분 못했다.

다행히 강의는 재미있었다. '아, 북디자인이 이런 것이구나. 그래, 북디자인을 해 보자!' 결심을 했다. 하지만 그것은 이루기 힘든 꿈이었다. 어디 들어가서 일을 배우려고 해도 구성원들이 불편해할 나이였다. 경력도 없었다. 무엇부터 시작해야 할지 막막했다.

고민의 시간을 보내다가 정병규 선생님을 찾아갔다. 북디자인 일을 하고 싶다며 대학 때 그린 그림을 보여드렸다. 선생님은 내 그림을 맘에 들어 하셨지만 당장 일을 줄 수는 없으니 조금 기다려보라고 하셨다.

만약 지금 누군가 이렇게 나를 찾아온다면 얼마나 당황스러울까. 지나고 보니 내가 그만큼 절박했던 것 같다.

얼마 후 정병규 선생님이 연락을 주셨다. 전집 그림책의 디렉팅을 맡으셨다고 그림을 그려보라고 하셨다.

'네? 제가 책에 들어가는 그림을 그린다고요? 그림 놓은 지가 언젠데. 그리고 그림책에는 예쁘고 아기자기한 그림이 들어가는 거 아니에요? 저는 그런 그림 못 그려요.'

속으로 이런 생각을 했다.

선생님을 뵈러 가니 그림책을 한 권 보여주셨다. 다시마 세이조의 《뛰어라 메뚜기》였다. 충격이었다. 책장을 한 장 한 장 넘기며 꼼꼼히 살펴보았다. 선생님은 내가 이런 그림을 그릴 수 있을 것이라고 하셨다. 자신감이 생겼다. 이런 스타일로 그린다면 나도 할 수 있을 것 같았다. 대학 때 그린 그림과 비슷했다. 재미있어 보였다. 그림을 그려보겠다고 했다. 겁도 없이.

오랜만에 그림을 그려보았다. 대학원을 졸업하고 10년 넘게 그림을 그리지 않고 있었다. 연필을 꺼내서 그려보았다. 생각처럼 손이 움직이지 않았다. 집안 구석에 있는 물감들도 찾아서 꺼내 보았다. 오랫동안 건드리지 않은 물감은 딱딱하게 굳어 있었다. 내 어깨도 굳어 있었다. 손의 감각을 다시 찾아야 했다. 나는 추상화를 그린답시고 사람이나 동물을 그려본 적도 별로 없었다. 금방이라도 다시마 세이조처럼 그릴 수 있을 것 같았는데 그게 잘 되지 않았다. 그리면 그릴수록 자신감이 사라져갔다. 내가 너무 작게 느껴졌다. 이렇게 해서 책이 나올 수 있을까?

여러 가지 기법으로 그려봤지만 점점 자신이 없었다. 쉽게 끝날 것 같았던 책이 너무나 어렵게 느껴졌다. 색연필로 모든 장면을 그렸다. 완성이라고 하기에는 뭔가 아쉬웠다. 모든 장면은 다시 그리기로 했다. 아크릴 물감으로 그리고 색연필은 보조 재료로 사용했다. 짧은 시간이지만 그런대로 맘에 드는 그림이 나왔다.

그렇게 첫 책을 작업했다. 책이 나오니 기분이 괜찮았다. 내가 만든 책이 나오면 이런 기분이라는 것을 조금이나마 알게 되었다.

책이 나오면 나의 대단한(?) 그림을 보고 바로 출판사에서 연락이 올 거라고 생각했다. 일이 너무 많아서 거절하기도 힘들 거라는 행복한 상상을 했다. 미래가 보이지 않던 회사를 그만뒀다. 이제 그림에 모든 것을 걸어야 했다. 아무것도 보장되지 않은 그림작가의 길, 일러스트레이터의 길을 걷기 시작했다.

현실은 내 예상과 달랐다. 처음에는 일을 의뢰하는 곳이 없어서 힘들었지만(자세한 이야기는 뒤에 나옵니다) 조금씩 나아졌다. 이 일을 10년 넘게 하고 있다니.

지나온 시간을 생각하니 모든 게 꿈만 같다.

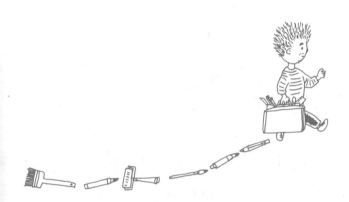

포트폴리오

그림작가로 데뷔한 것은 2003년이었다. 책을 출간하면 바로 다음 일이 이어질 줄 알았지만 현실은 그렇지 않았다. 이제 겨우 책 한 권을 작업한 작가를 누가 찾아주겠는가.

열심히 나를 알려야 했지만 알릴 방법을 몰랐다. 어디에 가야 출판사 사람들을 만날 수 있는지도 몰랐다.

뭐라도 해야 했다. 일거리를 찾아 여기저기 웹사이트를 기웃거리고, 아는 사람들을 총동원해서 일을 할 수 있을지 문의했다. 누군가 그림을 보고 싶다고 하면 열심히 찾아가서 보여주고 의견을 들었다.

그래도 일이 들어오지 않았다. 일 없이 집에 있자니 가족들 보기가 민망했다. 이대로는 안 되겠다는 생각에 더 적극적으로 일거리를 찾아 나서기로 했다.

그림들을 정리해서 포트폴리오를 만들었다. 그림을 한 장씩 담으면서 보니 제대로 된 그림이 별로 없었다.

'이 그림을 보여줘도 될까? 이런 그림으로 일거리를 받을 수 있을까?' 확신이 없었다. 한편으로 이런 자신감도 있었

다. '내 그림을 좋아해주는 출판사가 반드시 있을 거야!'

출판사에 연락하고 찾아가서 내 그림을 보여주는 것은 사회생활 경험이 조금 있던 나에게도 쉽지 않은 일이었다. 너무 부끄럽고 떨렸다. 그러니 갓 대학을 졸업한 신인작가들은 얼마나 떨릴까?

안면이 있는 디자이너가 근무하는 〈창비〉에 전화를 했다. (그 분이 지금 이 책을 디자인했다. 세상 참 좁다) 조금 아는 사이였지만 이런 부탁(?)을 하려니 마음이 불편했다. 신호음이 들리자 가슴이 콩닥콩닥 뛰었다. 바로 전화를 받지 않으니 그 시간이 너무 길게 느껴졌다. 저쪽에서 전화를 받았다.

"안녕하세요. 김중석이에요. 저 기억하시죠?"

"물론 기억하죠. 어쩐 일이세요?"

"저번에 제 포트폴리오 보여 드리겠다고 말씀드렸잖아요. 출판사로 한번 찾아갈까 하는데 시간 어떠세요?"

"와주시면 저희는 좋죠. 다음주에 뵐까요?"

마음을 졸였지만 다행히 반갑게 나를 맞아 주었다.

'창비 아동 문고'는 내가 꼭 작업해 보고 싶은 시리즈였다. 쟁쟁한 화가들이 삽화를 그렸고 문학성 높은 작품들이 많았다.

약속한 날에 출판사를 찾았다. 나와 디자이너, 편집자 이렇게 셋이서 마주 앉았다.

"이게 제 포트폴리옵니다. 한번 봐 주세요."

정적이 감돈다. 조용히 포트폴리오 넘기는 소리만 들린다. 목이 타들어간다.

"그림에 개성이 있네요. 작업한 책은 없나요?"

"네. 전집 그림책을 한 권 그렸어요. 이 책입니다."

시선을 어디에 두어야 할지. 괜히 책장을 훑어 보기도 하고 종이에 무언가를 끄적이기도 해 보았다. 두 사람은 조심스럽게 내 그림들을 넘겨보았다. 시간이 너무나 더디게 흐르는 것 같았다.

편집자와 디자이너는 내 그림의 좋은 점과 단점을 이야기해 주었다. 내가 참고할 만한 일본 작가도 소개해주고, 꽤 긴 시간 따뜻한 말들을 건네주었다.

"당장 그림을 의뢰할 순 없을 것 같네요. 하지만 좋은 원고가 나오면 연락드리겠습니다. 그림 잘 봤습니다."

그때의 미팅이 바로 작업으로 이어지진 않았지만 나중에 〈창비〉에서 출간한 여러 동화책에 삽화를 그렸다.

〈웅진주니어〉에도 찾아갔다. 안면이 있는 단행본 팀장에게 갔더니 나를 전집팀에 소개해줬다. 그때 〈웅진주니어〉는 대학로에 있는 본사 건물에서 단행본은 물론 전집, 학습물까지 여러 팀이 함께 근무하고 있었다. 내가 포트폴리오를 내밀자 각 파트의 팀장들이 우루루 한꺼번에 몰려들었다.

다섯 명은 넘었던 것 같다.

이렇게 많은 사람들이 한꺼번에 몰려들 줄이야.

동물원 원숭이가 된 것처럼 부끄러웠다.

하지만 부끄러움도 잠시.

"음, 그림 좋은데요."

"와, 이 그림 좋아요. 개성 있는 그림이 필요했어요."

이런저런 칭찬을 들으니 금방이라도 작품 의뢰가 밀려올 것 같았다.

'한꺼번에 여러 팀에서 연락하면 어떡하지? 일정을 잘 맞춰가면서 일해야겠다. 아, 일이 너무 많아도 걱정인데……'

이런 나의 걱정과 달리 한 팀에서 연락이 왔다. 학습지에 들어갈 그림 몇 컷을 그려 달라고 했다. 요즘은 한나절이면 뚝딱 끝낼 스케치를 1주일 넘게 붙들고 낑낑거렸다. 그렇게 스케치를 보내고 채색도 진행했다. 기쁨은 여기까지.

"너무 죄송한데요. 이번 그림은 쓰지 못할 것 같아요. 저희 책하고 안 맞는 것 같아요. 화료는 계약대로 60%만 드릴게요. 다음에 좋은 기회 있으면 같이 작업해요."

그렇게 내 그림은 책에 실리지 못하고 그냥 그림으로 남게 되었다.

'화료를 60%라도 받았으니 좋아해야 하나. 스케치 할 때부터 안 되겠다고 말해주지.'

분노가 치밀어 오르고 자존심이 상했다.

'이 놈의 출판사, 다시는 상종도 하지 않겠어. 내 그림이 그렇게 이상하단 말이냐. 그럴 거면 진작 말하지. 왜 이제 와서 이러는 거야? 왜왜왜!'

하지만 어쩌겠나. 누구를 탓하기에는 내 실력이 너무 부족했다.

나는 이때의 스케치와 채색본을 아직도 보관하고 있다. 그 사건을 어떻게 잊겠나. 그 후로 다시 기회가 와서 〈웅진 주니어〉에서 여러 권의 책을 냈다.

쭈뼛거리고 얼굴을 붉히며 포트폴리오를 들고 여러 출판사들을 돌아다니던 때가 떠오른다. 따뜻한 말을 건네주었던 편집자도, 내 그림을 못 쓰겠다고 했던 디자이너도 모두 고맙다. 그들의 위로와 거절이 나를 그림작가로 만들었다. 내가 상처만 받고 절망했다면 혹은 승승장구하기만 했다면 지금의 내가 있을까.

그때 그 편집자와 디자이너들은 모두 안녕하신지.

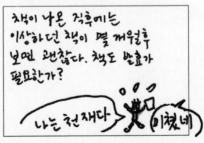

새 책이 나왔다

새 책이 나왔다. 책이 나오면 출판사에서 작가에게 증정본을 보내준다. 처음 내 책이 나왔을 때는 엄청 흥분해서 환호하며 책을 펼쳐봤는데 이제는 좀 무덤덤해졌다.

택배 상자를 열고 책을 꺼내본다.

인쇄에 들어가기 전에 PDF파일로 최종 내용을 확인했으니 별 다를 게 없는데 종이에 인쇄된 책은 또 새롭다.

'아, 표지색이 왜 이렇지? 뭐가 잘못된 걸까.'

색이 종이에 제대로 붙지 못하고 떠다니는 것 같다. 이상하다. 내가 이렇게 그렸나? 못난 부분이 눈에 확 들어오며 마음이 불편하다. 어쩌다 책이 이렇게 나왔단 말인가? 왜 이렇게 된 걸까? 한두 번도 아니고 매번 왜 이런 거지? 얼굴이 화끈거린다. 책을 구석으로 밀쳐버린다.

색이 제대로 안 나왔다고 투덜거리지만 인쇄된 책의 색상이 원화와 다른 건 당연한 거다. 그림책의 그림은 원화를 스캔해서 디지털 파일로 만들고 디자이너의 보정을 거쳐서 종이에 인쇄되어 나온다. 이런 과정을 거치면 색 손실이 생기기 마련이다. 나도 알고 있다. 알면서도 마음이 불편하다.

때마침 담당 편집자에게서 전화가 온다.

"작가님, 책 잘 받으셨나요? 책이 예쁘게 나왔죠? 맘에 드시죠?".

출판사에서 나에게 동의를 구한다. 이렇게 물어보는데 어쩌겠나.

"아니요. 맘에 안 들어요. 색이 왜 이런 거죠? 제 그림이 왜 이렇게 나온 거죠? 이게 최선인가요? 저한테 왜 이러시는 거예요?"라고는 할 수 없고 "네, 잘 나왔네요. 수고하셨어요."라며 인사를 건넨다.

책을 책장 깊숙이 손이 잘 닿지 않는 곳에 쑤셔 박는다. 이 책을 영원히 찾지 못하도록 숨겨두어야겠다. 다시 찾을 수 없도록 은밀한 곳에 넣어두고 잊어버려야겠다. 햇볕이 잘 들지 않고 바람이 잘 통하는 곳에 적당량의 소금을 뿌리고 푹 재워두어야겠다.(설마 진짜로 이렇게 하시는 분은 없겠죠) 당분간은 이 책의 존재를 잊어버려야 한다. 어쩌다 서점에서 우연히 만날 수도 있다. 괜히 빙 둘러 다른 쪽으로 가며 모른 체 한다. 인터넷 서점을 둘러보다가도 깜짝 놀랄 수 있다. 후다닥 화면을 이동한다. 나와 책 사이에는 이런 시간이 필요하다. 나만 이러는 건가? 다른 작가들도 자기 책이 나오면 이렇게 부끄러운가?

시간이 어느 정도 흐르고 책장 어딘가에서 그 책을 우연히 만난다. 그렇게 만나면 예전보다는 조금 편하게 책을 볼 수 있게 된다. 책은 그대로인데(진짜 소금을 뿌렸다면 변했겠지만) 내 마음이 바뀐 걸까. 너무 이상하게 보이던 색이 별로 이상하게 보이지 않는다.

'이 부분은 이렇게 그릴걸. 여긴 아예 색을 칠하지 않는 게 더 좋았을 것 같은데.'

이렇게 후회되는 부분이 있지만 할 수 없다. 한 번 인쇄되어 나온 책은 고치기 어렵다. 다음 쇄를 찍을 때 고쳐야지, 라고 하지만 고친 적은 없다. 이 책은 내 이름이 새겨진 채로 세상 여러 곳을 떠돌아다닐 것이다. 절판되지 않으면 영원히 죽지 않고 남아 있을 것이다. 아니, 절판된다고 하더라도 어딘가 중고서점에서, 누군가의 책장 한 귀퉁이에서 자리를 차지하고 있을 것이다.

이렇게 오랫동안 남아 있을 내 그림들을 보면 더 신중하게 그림을 그려야겠다는 생각을 하게 된다. 더 세심하게 살피면서 그려야겠다. 왜 내 책이 나오면 이렇게 부끄러운 것일까? 언제쯤 나는 내 책을 당당하게 마주할 수 있을까?

새 책이 나왔네~

서점에 가 볼까~

현장 취재

책을 만들면서 재미난 과정 중 하나가 '현장 취재'다. 그림책을 만들다보면 현장에 가서 자료를 수집해야 할 때가 있다. 현장에 가면 더 정확한 사실 확인이 가능하다. 작가가 현장을 체험하면 더 생생한 책을 만들 수 있다.

《청라 이모의 오순도순 벼농사 이야기》를 만들 때는 취재를 하러 합천에 갔다. 이 책을 쓴 정청라 작가는 서울에서 편집자로 일하다가 경상도 작은 마을로 내려가 농사를 짓기 시작했다. 작가는 자신의 경험을 어린이들에게 들려주며 농사의 귀함과 수고를 알려주는 원고를 썼다.

내가 이 책의 그림을 그리게 되면서 담당 편집자 가족과 우리 가족이 함께 정 작가가 사는 곳으로 내려갔다. 모내기도 돕고 작가가 농사짓는 현장을 직접 보기 위해서였다.

우리가 취재를 간 해, 정 작가는 벼농사를 처음 시작했다. 농사를 지어본 경험이 없었던 그는 동네 어르신들과 한 청년의 도움을 받아 서툴게 농사를 짓고 있었다.(도움을 주던 청년과 나중에 결혼을 했다)

처음 합천에 도착했을 때는 모든 것이 즐거웠다. 작가의 집과 마을 곳곳이 너무나 정겨웠고 동네의 매력에 푹 빠졌다. 하지만 모내기는 만만치 않았다. 어린 시절 외갓집에 가서 모내기를 한 번 해 본 적은 있지만 어른이 되어서는 처음이었다. 든든하게 준비를 한다고 했는데, 논에 들어가자마자 딸이 "아악!" 하고 비명을 지르는 게 아닌가!

딸의 다리에 거머리가 달라붙은 것이다.

허겁지겁 거머리를 떼어내려고 했지만 쉽게 떨어지지 않았다. 겨우 떼어내니 다리에서 피가 주르륵 흘렀다. 아이는 놀라서 울고 동네 어르신들은 괜찮다고 달래고.

한바탕 난리를 치르고 나서야 모내기가 시작되었다.

조그마한 논이었는데도 초보 농사꾼들이 달려드니 모내기가 쉽게 끝나지 않았다. 그래도 새참은 꿀맛이었다. 시원하게 막걸리를 한 잔 하는데 왜 그렇게 맛있는지. 이때 마신 막걸리가 너무 맛있어서 요즘도 가끔 양조장에 택배로 주문해서 마시기도 한다. 꽤 오래전 일이지만 아직도 이 동네 풍경이 눈에 선하다. 그때 그 동네의 풍경들, 동네 할머니들의 모습이 책에 고스란히 실렸다.

《제주섬의 어머니산, 한라산》은 제주도에 취재를 가야한다는 편집자의 말에 혹해서 덜컥 계약을 한 책이다. 제주도로 취재를 간다니! 제주도를 둘러보고 그림도 그리고 정말 좋겠다 싶었다. 하지만 세상엔 공짜가 없는 법이다.

한라산 책이니 당연히 한라산에 올라야 했다. 나와 편집자, 글작가 이렇게 세 명이 한라산을 오르기 시작했다. 제일 튼튼하게 생긴 내가 제일 뒤쳐졌다. 산에 오르는 동안 김은하 작가는 한라산의 식물과 식생에 대해서 자세히 설명해 주었다. 날이 흐려서 백록담은 제대로 못 봤지만 산을 오르며 만난 작은 풀들, 야생화들, 노루들, 시시때때로 변하는 제주의 하늘…… 모든 게 아름다웠다. 현장 취재한 것에 추가 자료를 더해 한라산에 대한 책을 만들었다. 이 책은 지금도 내가 좋아하는 책 중 하나다.

《믿을 수 없는 이야기, 제주 4.3은 왜?》에 그림을 그릴 때도 제주 답사를 다녀왔다. 이 책은 제주에 거주하는 세 명의 글작가가 글을 쓰고 세 명의 그림작가가 그림을 그렸다.

취재를 떠나기 전 4.3 관련 자료를 보고 많이 놀랐다. 4.3에 대해 어렴풋하게 알고는 있었지만 구체적으로 자료를 살펴보니 도저히 믿을 수가 없었다. 그릇된 이념과 사상 때문에 무고한 사람들을 무자비하게 죽이고 이를 숨기려 했다니. 인간의 존엄이 이토록 잔혹하게 짓밟힌 사건이 불과 몇십 년 전에 이 땅에서 벌어졌다는 사실에 너무 놀랐다.

제주 4.3의 현장을 직접 둘러보았다. 양민들이 숨어 지내던 굴과 수풀, 학살의 현장. 취재하는 내내 마음이 무거웠지만 의미 있는 작업이었다. 다시는 이런 일이 일어나지 않도록 지난 일들을 잘 기록하고 남겨두는 것이 중요하기 때문이다. 내 그림이 이 책의 한 귀퉁이를 차지했다는 것이 자랑스러웠다.

현장을 취재하고 그린 그림은 확실히 생생하다. 머릿속으로만 맴돌던 이미지가 구체적으로 살아난다. 현장에서 받아온 기운은 책에 그대로 표현된다. 그런데 요즘은 출판 경기가 어려워서인지 현장 취재 요청이 거의 없다.

책이 잘 팔려서 취재도 가고 생생한 책들이 많이 나오고 이 동네가 살아나면 좋겠다.

살아나라, 출판 경기~

일정
A 출판사 - 스케치
B 출판사 - 채색
C 출판사 - 원고읽기

아이고~
할일이 많네.
뭐부터
해야되지?

일단 청소 좀 하고

목욕도 하고

시간이 벌써···
내일부터
열심히
해야지!

꾹.

미리 말씀을 하시지 .... 끙

편집자와 이야기를 나누다 보니

이 책의 원고를 50% 정도 썼을 때 일이다. 초벌 원고를 보여주니 편집자와 편집장이 만나자고 한다.

'무슨 일일까? 왜 굳이 만나자고 하는 거지? 내 원고가 맘에 안드나? 출판을 포기하려고 그러나?'

혼자 오만가지 생각을 하다가 미팅 장소에 나갔다.

편집자와 만날 때는 항상 떨리는 마음이 앞선다. 내가 그린 그림, 내가 쓴 글에 대한 어떤 평가를 받는 기분이다. 편집자 입장에서는 좋은 책이 되기 위한 만남이라고 하지만 작가 입장에서는 마음이 꼭 그렇지는 않다.

이런저런 이야기를 나누고 같이 밥을 먹고 차를 마신다. 원고 내용은 어떠했고 어떤 점을 고치면 더 좋은 원고가 될 것이라고 조언해준다. 한 권의 책을 쓴다는 게 이렇게 어려운 일이라는 걸 실감한다.

"에세이에는 자기 이야기를 더 많이 하셔야 해요. 지금은 두루뭉술한 이야기가 많아서 굳이 작가님이 아니라 다른 누가 썼다고 해도 상관없을 정도에요."

"제 삶에 그렇게 드라마틱한 사건이 없어서……."

"아니에요. 지금도 충분히 드라마틱해요."

"저는 아주 평범한 사람이에요."

"네? 평범하다고요? 저희가 보기에는 전혀 안 그런데요."

편집자는 말을 멈추지 않는다.

"작가님이 보내 주신 글 중에서 좋았던 건 아주 구체적으로 자기 삶을 이야기한 글들이에요. 그림작가로 살아오면서 겪은 일들, 그림을 그리며 가장으로 살아가는 이야기, 후배 일러스트레이터들에게 들려주고 싶은 이야기, 이런 이야기들을 때론 실명을 거론하면서 장소와 분위기까지 생생하게 들려주셨으면 해요. 그런 게 재미있으니까요."

"저는 그렇게까지 제 이야기를 하고 싶진 않아요. 속속들이 모든 것을 알리고 싶지는 않아요. 무언가에 대해 조언하다 보면 꼰대가 되는 것 같아서 싫어요. 저는 그림을 가르칠 때도 웬만하면 단정적으로 이야기하지 않아요. 그런 어른들이 싫었던 것 같아요."

편집자도 속이 탄다. 뭔가 더 구체적인 이야기를 끄집어내야 되는데 작가가 말을 안 듣는다.

"작가님은 어릴 때 어떤 아이였나요?"

"글쎄요. 어릴 때 기억이 별로 없어요. 잊고 싶은 일들이 있었나?"

"아버지는 어떤 분이셨어요?"

"아버지에게 많이 맞았어요. 왜 맞았는지도 기억이 안나요. 그냥 맞았어요."

"그게 트라우마로 남진 않으셨어요?"

"이상하게 그 기억이 지워져 있어요. 지금은 아버지와 사이좋게 지내요. 아버지도 젊을 때 화를 잘 다스리지 못하셨고 할아버지가 일찍 돌아가셔서 역할 모델 없이 아버지가 되신 것 같아요. 아버지를 조금은 이해해요. 나이 들면서 애잔한 부분도 있고요. 제가 장남이니까 나라도 이해해야지, 하는 마음도 있어요."

편집자는 무엇이라도 조금 더 끌어내고 싶은 눈치다.

"어린 시절의 다른 기억은 없나요? 형제 사이는 어땠어요? 동생 분이 소설가잖아요."

"글쎄요. 집에 책이 없어서 책을 많이 읽은 것 같지도 않고(그런데 동생은 소설가가 되었고) 밖에 나가서 많이 뛰어 논 것 같지도 않고(나중에 어머니에게 물어보니 많이 놀았다고 하고) 공부를 열심히 한 것 같지도 않고(성적이 나쁘지는 않았고) 별로 떠오르는 기억이 없어요."

"아직도 만나는 어릴 때 친구는 없어요? 존경하거나 닮고 싶은 인물은요?"

"어릴 때 친구라…… 여러 지방을 떠돌며 살다보니 친구

관계를 유지하는 게 힘들었네요. 그리고 만나서 옛날 얘기하고 그러는 걸 별로 좋아하지 않아요. 관계를 유지하려고 노력하지도 않아요. 존경하는 인물요? 한 번도 누군가를 존경해본 적 없어요. 기본적으로 누군가를 존경한다는 것을 신뢰하지 않아요. 우리 인간들은 누구나 반드시 결함이 있지 않나요? 역할 모델도 없어요. 좋아하거나 그렇지 않거나 할 뿐 누구를 닮고 싶진 않아요. 사람들이 저를 보고 좀 이상하다고 생각하는데 저는 원래 그래요. 심지어 연예인을 좋아한 적도 없어요. 그 사람들은 TV에 나오는 사람들이죠. 오히려 내 주변에 자주 만나는 사람들을 많이 좋아해요. 어릴 때는 주변 여자들과 주로 사랑에 빠졌어요. 물론 저 혼자서요."

편집자가 삼킨 한숨 소리가 들리는 듯하다. 작가의 내면에서 무엇이라도 더 끄집어내서 글로 엮어야 괜찮은 책이 될 텐데 그게 도통 쉽지가 않다. 뭐 이런 작가하고 에세이집을 내겠다고 계약을 했지, 라고 생각할지도 모르겠다.

"좋은 이야기든 나쁜 이야기든 작가님의 사생활이 더 적나라하게 드러나야 해요. 그래야 독자들이 공감하면서 볼 테니까요."

"음, 시도는 해볼게요 책이 안 팔려서 생활이 어렵다는 그런 이야기도 막 해도 될까요? 그런 이야기하면 사람들이 너무 불쌍하게 볼 것 같은데."

"바로 그런 거죠! 누군가는 그런 얘기를 솔직하게 해야죠. 선생님이 바로 그런 분이세요."

이렇게 에세이 쓰기가 어려운 줄 알았으면 시작도 안했을 것인데.

후회막심이다.

수다 그림 교실

어쩌다 보니 그림 선생 노릇을 하고 다닌다. 초등학생 미술 과외, 고등학교 임시 미술 교사, 대학교 시간 강사, 방송통신고등학교 교사(비록 짧은 기간이었지만) 그림책 학교 강사. 도서관에서 그림책 강좌도 여러 번 했었다.

여러 곳에서 미술 수업을 하다 보니 그림을 배우고 싶어 하는 분들이 주변에 많다는 걸 알게 됐다. 아예 강좌를 개설해서 그림 수업을 해 보기로 했다. 수업 이름을 '수다 그림 교실'이라고 지었다.

인터넷 카페와 페이스북에 공지를 하고 신청을 기다렸다. 강사로 나가는 강좌는 수업에만 신경 쓰면 되지만 내가 기획한 강좌는 수강생을 모을 때부터 신경이 쓰인다. 홍보를 하고 며칠이 지나도 신청자가 1명 밖에 없다.

'1대 1로 수업해야 되는 거야? 아, 생각만 해도 너무 어색해. 그냥 폐강시킬까? 어떡하지.'

마음이 조급해진다. 괜한 일을 벌렸다는 후회가 밀려든다. 이렇게 신청자가 없을 줄 알았으면 시작을 안 했을 텐데.

하지만 초반의 우려와는 달리 막판에 신청자가 몰렸고 다양한 직업의 수강생들이 왔다. 편집자, 디자이너, 동화작가, 심지어 동료 그림책 작가들도 신청했다. 그림작가들이 신청한 걸 보고 이런 의문이 들었다.

'왜 이 사람이 내 수업을 들으러 오는 거지? 나를 골탕 먹이려고 그러나? 나보다 자신의 그림 실력이 더 낫다는 걸 보겠다는 건가?'

수업을 하면서 찬찬히 물어보기로 했다.

첫 만남은 조금 어색하다. 가볍게 자기소개를 하고 그림을 그리기 시작한다. 준비해 온 재료를 조심스럽게 꺼낸다. 우리 주변의 사물들을 여러 가지 드로잉 재료로 그려본다. 평소에 그림 도구로 생각하는 수채화 물감뿐 아니라 다양한 필기구들도 훌륭한 그림 도구가 된다. 연필, 볼펜, 사인펜, 네임펜, 크레파스 등 우리가 자주 사용하는 필기구를 총동원해서 그림을 그려보는 것이다. 수강생들은 네임펜, 수채 색연필, 볼펜, 붓펜, 캘리그라피펜 등 저마다 다양한 재료를 챙겨왔다. 서로 재료를 나눠 쓰며 이런저런 이야기를 나누다보면 초반의 어색함은 금방 사라진다.

첫 시간에 내가 강조하는 것이 몇 가지가 있다. 연필로 밑스케치를 하지 말 것. 눈에 보이는 것을 똑같이 그리려고 하지 말 것. 내 그림을 부끄러워하지 말고 자랑할 것. 더 자유

롭게 그릴 것.

밑스케치도 없이 그림을 그리라고 하면 사람들은 난감해한다.

'이렇게 하면 그림을 망치는 게 아닐까? 형태가 엉망이 될 텐데.'

이런 걱정은 하지 마시라! 그림을 망치면 어떤가? 다시 그리면 된다. 연필로 스케치를 하면 안전장치가 있다고 생각한다. 그림이 이상하게 되면 지우개로 지우면 된다고 생각하니까 과감한 선이 나오지 않는다. 멈칫멈칫 소심한 선이 나오게 된다. 처음에는 밑그림 없이 그리는 것이 익숙하지 않지만 조금만 하다 보면 더 과감한 그림을 그릴 수 있다.

사물을 똑같이 그리지 않아도 된다고도 강조한다. 우리가 사진처럼 그리자고 그림을 그리는 건 아니다. 형체를 사실적으로 그려야 하는 화가들도 있지만 모두가 그렇게 그릴 필요는 없다. 내가 보는 대로 나의 그림을 그려야 한다. 내가 느낀 대로 그리면 더 많은 것을 표현할 수 있다고 수차례 강조한다.

함께 모여서 그림을 그리다 보면 재료 욕심이 생기는 건 좀 문제다. 어떤 수강생은 자기가 그림을 못 그리는 것은 실력이 문제가 아니라 좋은 재료가 없어서(?) 라고 푸념한다.

재료가 문제라니!

그렇다. 그림 그리기에는 여러 가지 도구들이 필요하다. 처음에는 볼펜 하나로도 멋진 그림을 그릴 수 있을 것 같지만 누군가가 148색 색연필 세트를 꺼내는 순간 이런 소박한 마음은 무너져 내린다.

'아, 저게 있으면 뭐든지 멋지게 칠할 수 있겠지. 그래, 저걸 사야 돼.'

다음 주에 기필코 148색 색연필을 사온다. 신나게 그림을 그리려는데 어라? 이번에는 다른 수강생이 수채 색연필이라는 걸 가져왔다.

'이건 또 뭐야? 뭐 이렇게 신기하게 있지?'

이렇게 하다 보면 사야할 것들이 계속 늘어나게 된다. 수업이 끝나고 몇 달이 지나서 만나 보면 그후로 수채 색연필을 한 번도 안 썼다나 어쨌다나.

그림을 몇 장 그리면 서로의 그림을 보면서 남들은 어떻게 그렸는지 살펴본다. 어떤 재료로 그렸고 의도한 것은 어떤 것인데 해 보니까 어떠한지 말한다. 그림을 본 느낌을 말해주고 그림에 대한 질문도 한다. 수강생들끼리 서로의 그림을 칭찬하고 자극받으며 그림 그리기에 몰두한다. 이런 것이 함께 모여서 그림을 그리는 묘미가 아닐까.

인물을 그려보는 시간도 재미있다. 이 시간에는 수강생들이 모두 한 번씩 앞으로 나와서 모델이 되어야한다. 한 포즈에 10분 정도의 시간을 준다. 모델이 되는 사람에게는 너무 긴 시간, 그림을 그리는 이에게는 너무 짧은 10분이다.

처음 모델이 된 사람들은 망설이면서 앞으로 나와 포즈를 취한다. 시선을 어디에 둬야 할지 몰라 초점을 잃는다. 의자에 앉아서 핸드폰을 보고 있는 편한 자세를 선호하지만 다양한 포즈가 나올 수 있도록 내가 이것저것 요구한다.

"자, 팔을 들어보시고요. 어깨도 좀 돌려보세요. 좋습니다. 다들 그리기 좋으시죠?"

딱 한 사람만 빼고 모두가 만족해한다.

어떤 수강생은 과감하게 포즈를 제시한다. 가방이나 소품들을 활용해서 자기를 표현하는 이들도 있다.

"서로 모델이 되어주고 서로를 그려보는 겁니다. 나하고 닮지 않았고 못 생기게 그렸다고 화내지 않기로 약속해요."

수강생들은 조금 안심하며(?) 마음껏 인물을 그린다.

이렇게 약속했지만 막상 그림을 보면 까르르 웃음이 나오기 마련이다.

"내가 이렇게 생겼어요?"

"실물보다 예쁘게 그려주셨다."

그림을 나누어 보는 이 시간이 즐겁다.

좋은 그림은 좋은 시선을 가진 그림이다. 관습적으로 그림을 그리지 않고 남들과는 다른 구도, 다른 시선에서 그림을 그려야 한다. 프로작가들은 따라할 수 없는 아마추어들의 남다른 그림을 발견하면 그 기쁨은 무엇보다 크게 다가온다.

나는 조금 서툴게 그리는 아마추어들의 그림이 좋다. 화면의 반을 텅텅 비워놓고 구석에 매력적인 그림을 그리는 수강생, 가는 선으로 차분하고 끈질기게 그림을 그려내는 수강생, 놀라운 색감으로 나를 놀라게 하는 수강생, 생각지도 못한 재료의 조합으로 독특한 질감을 만들어내는 수강생까지, 좋은 그림을 많이 봐왔다. 나도 마구 따라하고 싶어진다.

"형태도 삐뚤고 선도 조금 이상하지만 매력적인 그림이에요. 너무 좋습니다."

칭찬을 마구 해 주면 본인이 오히려 의아해한다.

"고맙습니다. 그런데 이게 좋다고요? 제가 보기에는 너무 이상한데……."

다른 수강생들도 합세한다.

"너무 멋져요. 어떻게 선을 저렇게 쓰죠?"

동료 그림작가와도 이야기를 나눠본다.

"이 강의는 왜 신청했어요?"

처음에는 가벼운 웃음으로 넘겨버리려 하지만, 수업을 하다 보면 슬그머니 속마음을 털어놓는다.

"이렇게 맘 편히 그릴 때는 그림이 잘 그려져요. 그런데

책 작업을 하려고 그림을 그리면 이상하게 굳어버리고 딱딱하게 나오는 겁니다. 편집자가 좋아하는 방향으로 맞춰야 할 것 같고 책으로 나왔을 때의 완성도를 생각하다 보면 욕심이 생기죠. 그러다 보면 자꾸 그림이 제 생각하고는 다르게 나오더라고요."

나도 그 마음을 알 것 같다. 책 작업을 할 때는 그림이 편안하게 그려지지 않는다. 완성도에 대한 강박 같은 게 있는 것이 아닐까?

그림을 좋아하는 사람들이 모여서 함께 그림을 그렸다. 서로의 그림을 보여주고 그림에 대해 이야기를 나누며 함께 그림 그리는 재미를 찾았다. 아마추어들의 과감한 그림들, 책에서는 볼 수 없는 작가들의 색다른 그림을 보는 것이 즐거웠다. 지나고 보니 내가 선생이고 그들이 학생이기만 한 것이 아니었다.

우리는 모두 서로에게 좋은 그림 선생이었다.

독자와의 만남

　도서관이나 학교에서 가끔 '작가와의 만남'을 하고 싶다고 연락이 온다.

　'독자들은 작가에게 뭐가 궁금할까? 어린 독자들에게 무슨 이야기를 들려줄 수 있을까?'

　잠시 망설이지만 결론은 항상 비슷하다. 가겠다고 한다.

　내 책을 좋아해주는 독자들을 만나서 책 이야기를 나누는 것이 좋고, 아직 내 책을 모르는 독자들에게는 책을 소개해줄 수 있으니 즐겁다. 책을 좋아하지 않으면 어떤가. 그냥 아이들과 이야기를 나누고 즐겁게 그림 그리며 놀다 온다고 생각하면 굳이 마다할 이유는 없다.

　정기적으로 진행되는 작가와의 만남에도 참여해봤다. '문화가 있는 날'이라는 프로그램인데 매월 마지막 주 수요일에 도서관, 미술관, 고궁, 박물관, 공연장에서 다양한 문화 행사를 무료 혹은 저렴한 비용에 참여할 수 있도록 하는 것이다. 행사 주최 측에서 참여 작가를 선정하고 해당 기관으로 파견을 하면 도서관 등의 기관에서 작가와 행사를 진행한다. 평소 작가를 초청하기 어려운 작은 도서관에서는 이런 프로그램에 대한 반응이 뜨겁다.

올 한 해 서울, 경기 지역 강사로 선정되어 매달 한 번씩 지역의 작은 도서관들을 찾아갔다. 부천, 평택, 안양, 하남, 의왕, 인천 등 평소에는 가보지도 못했던 도시들을 찾아갔다. 경기도는 왜 이리 넓은지 대부분 1시간이 넘는 거리를 차를 타고 이동해야 했다.

이렇게 매달 다른 도서관을 찾아가면 다양한 아이들과 학부모, 사서들을 만나게 되는데 나도 모르게 비교를 하게 된다. 어떤 도서관은 작가가 올 때까지 아무 준비가 안 되어 있고 어떤 도서관은 준비를 잘 해준다. 준비라는 게 대단한 것은 아니다. 내가 만든 책을 잘 정리해서 한 곳에 가지런히 두기만 해도 된다. 참가자들이 미리 책을 읽고 온다면 더 없이 좋은 일이다. 책에 대한 애정이 느껴지는 도서관을 만나면 왠지 더 반갑다.

"책을 찾다보니 작가님이 내신 책이 엄청 많으시던데요. 저희 도서관에 있는 책은 이게 전부입니다."

"와, 고맙습니다. 이렇게 준비주시니 기분 좋은데요. 이 책은 저도 없는 건데."

세심한 준비가 되어 있으면 작가도 기분이 좋아져서 신나게 수업을 하게 된다.

처음 내가 도서관에 들어서면 아이들은 흠칫 놀란다. 표정을 보면 다 알 수 있다.

'요녀석들, 오늘 한번 재미있게 놀아보자.'

내 헤어스타일로 아이들의 관심은 받을 수 있다.

"와, 폭탄머리 아저씨다!"

"안녕~~"

조금 과장된 목소리로 아이들에게 인사를 한다.

그런 다음 아이들이 가지고 온 물건들에 관심을 보이며 슬쩍 다가가본다. 아이들은 금세 마음을 풀고 다가온다.

20명이 넘는 아이들과 수업을 해서 진땀을 뺀 적도 있고, 비가 오는 궂은 날씨라 서너 명 밖에 모이지 않아서 도란도란 이야기 나누며 해 본 적도 있다. 소규모로 모였을 때는 서로 이야기를 나눌 수 있어서 좋다. 엄마들도 함께 자리에 앉아 그림책 작가가 무엇을 하며 사는지, 어떤 그림책을 좋아하는지 서로 궁금한 것을 물어보며 즐거운 시간을 보낸다. 2시간 정도의 짧은 시간이지만 끝나고 헤어질 때는 서로가 아쉬워한다.

여러 도서관을 다니다 보면 유별난 아이들도 많이 있다. 체험활동을 시작하자마자 무조건 "모르겠어요." "어떻게 해요?" 질문을 쏟아 붓는 아이들이 있다. 스스로 해 보지 않아서 그런 것일까? 나의 도움을 간절히 원하는 아이들도 있다.

그래도 이 정도는 괜찮은 편이다. 무턱대고 "하기 싫어요!"라고 하는 아이들은 어떻게 대해야 할지 모르겠다. 최대한 타이르고 칭찬하면서 어떻게든 참여할 수 있도록 애를 쓴다.

"책 한 권 그리면 얼마 벌어요?" "이거 하면 돈 많이 벌어요?" 라며 묻는 아이도 있었다. 또래보다 조금 큰 아이였는데 처음부터 수업에는 관심도 없어 보였다. 아무리 그래도 아이가 돈 이야기만 하니 마음이 불편했다.

"응, 책 한 권 그리면 1억 정도씩 벌어. 아저씨는 지금까지 그림을 많이 그려서 50억 정도 벌었어."라고 놀려 주려다가 꾸욱 참았다.

그림을 다 그리면 앞에 나와서 자기 그림을 자랑하라고 한다. 아직 어린 아이들이라 그런지 대부분 부끄러워한다. 모기만한 소리로 자기 그림을 소개한다. 몸도 배배 꼬면서 어쩔 줄을 모른다. "아이고 귀여워라." 소리가 절로 나온다. 셋째를 낳고 싶을 만큼 아이들이 사랑스럽다.

어린이들에게 가장 강력한 무기는 '칭찬'인 것 같다. 잘 그리지 못했더라도 좋은 부분을 칭찬해주면 좋아한다. 무엇이든 하나는 잘한 것이 있다. 색을 열심히 칠했을 수도 있고, 선이 재미있을 수도 있고, 아이디어가 좋을 수도 있다. 자그마한 좋은 점이라도 칭찬해주면 기분 나빠할 사람이 없다.

끝날 무렵에는 아이들에게 사인을 해준다. 내 책을 가져오면 좋겠지만 준비하지 못한 아이들에게는 종이에 사인을 해준다. 동물을 한 마리씩 그려주면 아이들이 특히 좋아한다.

이 이야기를 해주면 동화작가들은 푸념을 늘어놓는다.

"동화 작가들은 2시간 동안 침 튀겨가면서 강연해도 아이들이 시큰둥한데 그림작가들은 잠깐 그림 하나 그려주면 애들이 그렇게 좋아하니 우리도 그림을 배워야겠어요."

확실히 그림은 글보다 직관적으로 보이니 아이들이 많이들 좋아한다. 여자아이들은 토끼, 강아지, 사슴을 그려 달라는 아이들이 많다. 남자아이들은 대부분 호랑이, 용을 그려 달라고 한다. 내가 펜을 들고 쓱쓱 그리면 아이들은 그걸 그렇게 신기해한다. 옆에서 "와~ 와~" 탄성을 질러주면 나도 모르게 우쭐한 마음에 한 마리 더 그려본다.

어떤 도서관에서는 여자아이 때문에 난감한 적이 있었다. 사인이 거의 끝나갈 무렵 예쁜 여자아이가 "김연아 선수 그려주세요."라고 하는 것이다.

'김연아?'

순간적으로 누군지 생각이 나지 않았다.

아, 그 피겨 스케이트 선수 김연아.

어쩌지 나는 여자를 잘 못 그린다. 게다가 김연아라니!

내 솜씨가 들통 나게 생겼다. 그래도 거부할 수는 없었다.

끙끙거리며 겨우 '김연아'를 그렸다.

그런데 그림을 본 아이가 울음을 터트리는 것이 아닌가. 너무 이상하다고, 못생겼다고. 어쩌란 말이냐. 온몸에서 땀이 흘러내리는 것 같았다. 사서 선생님이 겨우 아이를 진정시키고 데리고 나갔다. 나의 작가 인생이 주마등처럼 지나갔다. 내가 이러고도 그림작가라 할 수 있단 말인가.

작가와 독자가 만나서 함께 책을 읽고 어떻게 그림책을 만드는지 살펴보고 작가에게 사인도 받으니 즐거운 추억이 생긴다. 이런 기회가 더 많이 생겨서 독자들과 자주 만날 수 있으면 좋겠다.

'김연아'를 그려 달라는 것만 아니면 언제나 환영이다.

소년교도소의 추억

　아주 오래전 소년교도소에서 그림을 가르친 적이 있다. 대학원을 졸업하고 내가 졸업한 고등학교에서 임시교사로 잠시 일했다. 공립 고등학교라 방송통신 고등학교 수업도 겸해서 해야 했는데 그중 한 곳이 '김천소년교도소' 내에 있었다. 아주 특별한 공간이라 그런지 기억에 남는다.

　처음 수업을 할 때는 나도 무척 긴장했다. 누가 소년교도소에 출입할 수 있을까? 죄를 지은 사람이나 교도관이 아니면 경험할 수 없는 일이다.

　커다란 철문으로 가로막은 입구에 이르면 교도관이 딱딱하게 묻는다.

　"어떤 일로 오셨습니까?"

　"미술교사입니다. 방통고 수업 때문에 왔습니다."

　"그러시군요. 신분증 부탁드리겠습니다."

　신분증을 제시하고 출입 기록을 작성한 다음, 첫 번째 철문을 통과한다. 입구에 있는 방에서 담당 교도관이 나를 맞이한다. 교도관은 간단하게 교도소의 현황과 아이들에 대해서 이야기를 해준다. 아이들은 성인이 되지 않은 나이에 죄를 짓고 이곳에 갇혀 있다. 아이들의 죄가 구체적으로 무엇인지는 묻지 않았다. 대략적인 얘기를 듣고 교도관의 뒤를 따라가니 또다시 철문이 나온다. 이렇게 크고 작은 철문을 네 개 정도 통과하면 비로소 수업을 하는 교실이 나온다.

교실에 들어서니 긴장감이 흘렀다. 나만 긴장한 것이겠지. 아이들에게는 이곳은 집과 같은 곳이다. 그때 내 머리는 아주 짧은 스포츠형이었다. 얼핏 보면 아이들과 별로 차이가 나지 않았다. 아이들은 생각보다 착한 모습이었다. 푸른 죄수복을 입었다는 것만 다를 뿐 눈도 초롱초롱, 귀여운 얼굴이 남아 있었다.

이들은 어쩌다가 이곳에 갇혔을까? 뒤쪽에 앉은 몇몇 덩치 큰 아이들은 패거리로 몰려 앉아 있었다. 조금 무섭게 느껴졌다. 창문에는 당연히 철창이 내려져 있었다.

미술 수업이 자주 있지 않아서 아이들과 많은 것을 함께할 수는 없다. 수업과 수업 사이가 간격이 멀어서 연결된 수업을 하기도 쉽지 않다. 미술 재료도 여러 가지를 준비할 수 없었다. 연필로 소묘 수업을 하는 정도만 가능했다.

첫 시간에 '손 그리기' 수업을 하기로 했다. 연필도 미리 깎아서 내가 준비를 해야 했다. 아이들에게 칼을 맡길 수는 없다고 미리 이야기를 들었기 때문이다. 종이를 나누어주고

각자 자기의 손을 살펴보라고 했다. 손을 그릴 때 주의할 점과 손의 형태의 특징들을 간단하게 설명했다.

아이들은 진지하게 그림 그리기를 시작했다. 손을 유심히 살펴보면서 이리저리 손가락을 움직여보았다. 손바닥을 종이에 대고 대충 따라 그리는 아이들도 있었다. 반면 열심히 관찰하며 그리는 아이들도 있었다. 그런 아이들은 칭찬을 많이 해주었다.

"와, 잘 그렸네. 좋아."

"그림 그려본 적 있어? 잘 그리는데!"

아이들은 칭찬을 좋아했다.

그림으로 그려진 아이들의 손을 보며 여러 가지 생각들이 들었다. 손에는 아이들의 과거와 현재가 담겨 있다.

'이 아이들은 어쩌다가 이곳에 있는 것일까? 저 손으로 어떤 죄를 저질렀기에 이곳에 있는 것일까?'

아이들을 유심히 바라보니 어디선가 본 듯한 모습이었다. 동네에서 마주치는 중고등학교 아이들이었다. 몇 번 수업을 하니 처음 철문을 통과할 때의 긴장감은 사라져갔다. 몇 명은 낯이 익었다. 내가 친근하게 대해주니 아이들도 나를 마치 동네 형 대하는 듯 했다.

2년 정도 아이들과 수업을 하다가 더 이상 수업을 가지 않게 되었다. 나는 회사를 다니기 시작했고 시간을 내기가 쉽지 않았다.

그러던 어느 날, 대구에서 시내버스를 타고 가는데 어떤 청년이 나를 보고 "선생님!" 하며 부르는 것이었다. 가만히 보니 그때 소년교도소에서 미술 수업을 받은 학생이었다. 자신의 과거를 숨기고 싶었다면 보고도 모른 척 할 수 있었을 것인데 아이는 그렇게 하지 않았다. 서로의 안부를 물었다. 나온 지 얼마 되지 않았고 지금은 열심히 살고 있다고 했다. 더 자세한 것은 물어볼 수 없었다.

고마웠다. 나를 기억해주고 알은체 해줘서.

가끔 고향에 가면 소년교도소를 지날 때가 있다. 그럴 때면 그 시절 미술 수업이 생각난다. 그때 버스에서 만났던 그 청년은 잘 지내고 있으려나. 죄 짓지 않고 잘 살고 있겠지.

열심히 뛰어놀지도 않고

패스~

공부를 열심히
하지도 않았지만

그럭저럭 괜찮은
어른이 되었다.

다행이다.

그림책 전시 기획

처음 그림책 전시를 기획하게 된 것은 2013년 봄이었다. 파주 출판도시에서는 매년 어린이날에 '파주어린이책잔치'를 여는데 이때 그림책 관련 전시를 맡아줄 수 있겠냐는 제안을 받았다.

출판도시 내에 있는 '어린이책예술센터'에서는 색다른 전시를 기획하고 있었다. 그림책으로 하나의 그림책 마을을 만들어보자는 것이었다. 전시까지 두 달 정도 남았는데 아무것도 준비가 되지 않은 상태였다. 매일 머리를 맞대고 어떻게 전시를 꾸밀지 고민했다. 마을을 만들려면 작가의 책이 하나의 집이 되어야 된다고 생각했다. 작가들에게 자기 공간을 완전히 맡기기로 했다.

가장 시급한 것은 참여 작가를 선정하는 것이었다. 모든 전시가 그러하듯이 작가 선정이 전시의 8할 이상을 차지한다. 많은 작가 리스트를 뽑아 보았다. 3, 40대 작가들 중에서 활발하게 작품 활동을 하면서 전시를 통해 그림책을 입체적으로 보여줄 만한 역량이 있는 작가들을 찾아보았다. 개성이 뚜렷하면서도 함께 모였을 때 멋진 조화를 이룰 수 있는 작가들이 필요했다.

작가를 선정하고 섭외에 들어갔다. 의외로 대부분의 작가들이 전시에 참여하고 싶다고 하는 것이 아닌가. 역시 작가들은 호기심이 많다.

김동수, 유준재, 박연철, 서현, 최향랑, 김지연, 조승연, 남주현, 손지희 작가가 참여하기로 결정됐다. 집들이 다정하게 모여 있는 그림책 마을을 꿈꾸며 전시 이름은 '옹기종기 그림책 마을'이라고 지었다.

작가들에게 자기가 만들고 싶은 집의 형태를 계획하라고 제안했다. 목공업체도 선정했다. 운이 좋게도 사회적기업으로 여러 활동을 하는 젊은 목수들을 만날 수 있었다. 그런데 작가들이 생각하는 집의 형태를 업체에게 말했더니 기겁을 했다. 집의 모양이 너무 다양해서 짧은 시간에 도저히 맞출 수 없다는 것이었다.

나도 작가이기에 작가들의 고집을 잘 알고 있다. 겉으로 보기엔 무던해 보이는 작가들도 자기 이름이 걸린 전시회는 대충하지 않는다. 그런 작가들의 마음을 알기에 최대한 수용하려고 노력했다. 조금 더 완성도 있는 전시를 하려다 보니 작가들의 요구가 점점 더 많아졌고, 신경 쓸 일도 많았다. 기획자의 일이란 그런 것이었다.

드디어 전시가 시작되었다. 이런 형식의 전시는 처음이라 관객의 반응이 궁금했다. 그림책이 입체로 펼쳐졌다며 아이들이 즐거워했다. 하나 하나 체험하고 느끼는 전시라며 어른들도 좋아했다.

작가들에게도 즐거운 경험이었다. 독자들과 만나고 반응을 실시간으로 볼 수 있으니 얼마나 재미있겠나. 책을 냈을 때는 독자들의 반응을 느끼지 못하다가 전시회를 통해서 독자들을 만나니 즐거웠다고 한다. 전시 기간이 나흘이라 너무나 아쉬웠다.

2016년에 이런 전시를 할 수 있는 기회가 다시 왔다. 지난번 전시와 기본 형태는 비슷하지만 이번에는 좀 더 확실한 성격의 마을을 만들어 보기로 했다. 전시 이름은 '이상하고 요상한 그림책 마을'로 지었다.

그림책 속에 나오는 이야기와 배경을 소재로 삼아 경마장, 수영장, 여행사, 산책로, 책방, 영화관, 서커스, 미용실을 만들었다. 한 권의 책이 하나의 가게가 되는 것이다. 지난 전시의 자료가 있어서 그것을 기본적인 모델을 두고 작가들이 다양하게 변주를 할 수 있도록 해 보았다. 어떤 작가는 집을 옆으로 눕히기도 하고 또 다른 작가는 사방을 막아서 계속 영화를 보여주는 공간을 만들기도 했다. 마을의 한 가운데에는 전망대로 만들어 마을 전체를 둘러볼 수 있도록 했다.

이 전시는 전보다 더 많이 사람들 입에 오르내렸다. 페이스북을 통해서 더 많이 홍보가 된 덕분인 것 같다. 전시를 어렵게 준비하였으니 이왕이면 더 많은 이들에게 알리는 것도 준비하는 사람의 자세인 것 같다.

"재미있는 그림책 전시회는 '놀이 동산'보다 더 재미있다!"

이런 관람객의 반응을 접하고는 그림책이 나아갈 수 있는 멋진 길이 있을 것이라는 확신도 가지게 되었다. 놀이동산보다 더 재미있는 그림책 전시회. 좋지 아니한가.

이 전시를 보고 여러 곳에서 연락이 왔다. 광주 광산구에 새로 개관한 '이야기꽃 도서관'에서 적극적으로 관심을 보였다. 새롭게 그림책 도서관을 개관하면서 개관 기념전으로 무엇을 할지 고민하던 차에 연락을 한 것이다. 예산은 한정되어 있었다. 게다가 지방이니 여러 가지로 경비가 많이 들었다. 작가들의 움직임을 최소화해야 경비를 줄일 수 있었다. 궁여지책으로 기획자인 내가 작가들의 작품을 모아서 들고 내려갔다. 현지에서 작품 설치를 도와줄 전문가를 섭외해서 전시 준비를 해야 했다.

이 전시는 '우리 동네 그림책 마을'이라고 이름 붙였다. 지역과 좀 더 밀착된 전시를 하려고 준비했다. '우리 동네 서점'이라는 코너를 만들어 지역 서점들이 추천하는 그림책과 독립출판물을 함께 전시하고 '우리 동네 슈퍼 스타'라는 코너에는 광주·전남 지역 출신 그림책, 동화작가들의 책을 한자리에 모았다.

전문적인 전시 공간이 아니라 조금 아쉬웠지만 도서관 1층을 그림책으로 만든 집을 만들어봤다. 광주 지역에는 그림책을 열심히 읽고 알리는 그림책 지도사들이 많아서 이 활동가들이 도슨트가 되어 그림책을 알리고 관람객들에게 홍보해주었다.

그림책을 사랑하는 독자들이다 보니 작가와의 만남에도 생각 이상으로 열띤 호응을 보내주었다. 직접 책을 구매하고 작가의 사인을 받기 위해 길게 줄을 섰다. 어디에서도 보지 못했던 광경이었다. 전시에 참여한 작가들도 이렇게 뜨거운 독자들을 만나 새로운 에너지를 받았다고 하니 기획자인 나도 보람이 있었다.

조금 다른 전시를 기획하기도 했다. 일산 주엽 어린이 도서관에는 작은 전시장이 있었다. 전시 공간이 있었지만 제대로 활용이 안되고 있어서 좋은 방안을 찾아보기로 했다. 도서관에서는 '작가의 방'을 꾸며보고 싶다는 생각을 가지고 있었다. 함께 고민을 해 보기로 했다. 인테리어 업체를 정하고 업체와 상의하며 그림책 전시에 적합한 공간으로 꾸며나갔다. 전시대도 만들고 작가의 책상도 특별히 주문해서 설치했다. 작가의 작업 노트, 책에는 실리지 않았지만 작가가 좋아하는 컷, 손톱 그림, 더미북도 함께 전시했다. 특히 작가의 작업실을 옮겨 놓은 듯한 책상 공간은 인기가 많았다. 그림책 작가의 작업실을 엿보는 것 같은 재미가 있다고 관람객들이 좋아했다.

그림책에 다가가는 방법은 다양하다. 그림책으로 향하는 길이 이렇게 다양하니까 그림책이 더 재미있는 것 같다. 그림책은 0세에서 100세까지 즐길 수 있는 예술이라고 하는데 그 말을 요즘 몸소 체험하고 있다.

어떻게 하면 그림책 독자들과 그림책 작가들을 재미있게 연결할 수 있을까. 이게 요즘 나의 고민이다.

내가 하고 싶은 전시

어쩌다 보니 그림책 전시 기획자로 대규모 전시를 무사히 치러냈다. 크고 작은 그림책 전시 문의가 계속 들어온다.

전시회는 공연과 비슷한 면이 있다. 장소와 날짜가 정해지고 콘셉트를 정하고 그에 어울리는 작가들을 섭외한다. 함께 작업할 업체를 선정하고 회의를 계속한다. 여러 가지 어려움들이 계속 튀어나오지만 해결해가야 한다. 작가들과도 계속 의견을 주고받고, 전시를 준비하는데 어려움이 없도록 세세한 도움을 줘야 한다. 전시 시작일이 다가온다. 드디어 무대의 막이 올라간다. 아니 전시가 시작된다.

관람객들이 그림책 전시를 보고 반응한다. 보고 만지고 기록한다. 이런 반응을 통해 차츰 전시가 완성되어 간다. 준비하면서 힘든 일들도 있었지만, 아이들과 어른들이 그림책의 세계에 흠뻑 빠져 즐거워하는 것을 보면 힘들었던 기억들은 사라지고 즐거운 시간만 머릿속에 남게 된다.

전시가 진행되는 중에도 살펴야 할 일들이 많다. 망가진 작품을 보수하거나, 작가와의 만남도 챙겨야 한다. 부족한

부분들이 눈에 들어오니 고치고 다듬어야 한다.

하나의 그림책 전시는 수많은 스토리들을 만들어낸다. 자기 책의 의도를 귀신같이 알아챈 관객을 만나 기뻐하는 작가, 작가와의 만남에서 작가 이야기를 듣고 감동의 눈물을 흘리는 독자, 이를 보고 또 눈물을 흘리는 작가, 아무도 내 책을 알아주지 않는 것 같아서 침울했는데 다음 책을 낼 용기를 얻었다는 작가. 이런 모습을 보면 전시회를 준비한 보람을 느낀다.

하지만 전시가 끝나면 허무함이 밀려든다. 무대가 끝난 뒤 연극 연출가의 마음이 이럴까. 화려한 무대에서 내려온 배우의 마음이 이럴까. 사람들이 가득하던 전시장을 정리하고 나면 말할 수 없이 쓸쓸한 심정이 되는 것은 어쩔 수 없다. 바닥을 뒹구는 낙엽도 예사롭게 보이지 않는다. 한동안은 아무것도 할 수 없는 무기력한 상태가 된다.

이런 과정들을 겪으며 몇 번의 전시회를 진행하면서 작은 욕심들이 생겨나기 시작했다. 예산이 조금만 더 확보가 되면 더 탄탄하게 잘 준비할 수 있을 텐데. 시간이 조금만 더 있으면 더 좋은 전시를 만들 텐데.

내가 정말 해 보고 싶은 전시는 지금까지 한 것보다 훨씬 큰 규모의 전시다. '그림책 페스티벌'이라고 해야 할까. 많은 그림책 작가들이 자기 작품을 선보이고 숨어 있는 좋은 작가들을 소개하는 자리. 출판사는 자사의 책을 홍보하고, 작가들은 독자와 작품에 대한 깊은 이야기를 나누는 자리. 크고 작은 서점들이 모두 나와서 자기 서점을 자랑하는 자리. 독자와 서점과 출판사와 작가가 함께 하는 그런 자리를 만들고 싶다. 많은 예산과 인력이 필요한 일이다. 당장에 이룰 수는 없겠지만 예기치 않았던 일들로 인해 여기까지 온 것처럼 언젠가 그런 자리를 만들 수 있을 것 같은 느낌이다.

반대로 아주 작은 전시회도 하고 싶다. 작은 갤러리에서 작가가 단 한 명의 관객을 대상으로 책을 읽어주고 이야기를 나누는 그런 전시회. 조용한 음악이 흐르고 바깥세상과는 완전히 분리되어 있는 공간에서 그림책에 푹 빠져들 수 있도록 꾸며 보는 것도 재미있을 것 같다.

이렇게 생각을 하다 보면 더, 더, 더 재미난 일들이 생길 것 같다. 재미있다.

그림책은 책이다. 책으로 볼 때 가장 아름답고, 책일 때가 가장 어울리는 자리가 있다. 하지만 책에 담긴 콘텐츠를 전시, 공연, 캐릭터 인형 제작 등 다양한 형태로 확장할 수도 있다. 독자들도 그런 것을 원하지 않을까. 기회가 된다면 그런 다양한 프로젝트에 나도 함께하고 싶다.

잘 지내시죠?

네. 물론이죠.

누구지? 어디서?
생각이안나.
자꾸
이런 일이
많아진다.

여러분 덕분입니다

친한 그림책 작가의 출판 기념회 자리에 갔다. 작가와 출판사 그리고 주변의 친한 작가들이 모여서 작가의 책이 출간된 것을 축하하는 자리였다. 작가에게는 아주 뜻깊은 자리다. 오랫동안 일러스트레이터로 일했지만 글, 그림을 모두 작업한 책은 없었는데 드디어 쓰고 그린 그림책이 나온 것이다.

시끌벅적 수다를 떨며 이야기를 나눈다. 그림책을 만드는 동안 어떤 일들이 있었는지 작가의 고생담을 듣는다. 동료 작가들이 아낌없이 축하를 해준다. 작가에게 사인도 받는다. 우리끼리 사인도 주고받고 칭찬을 해주니 기분이 묘하다.

때마침 같은 가게의 옆방에서 '어린이 책 출판 마케터'들의 모임이 있었다. 이런 우연이. 마케터들은 출판사에서 우리가 쓰고 그린 책을 독자들에게 알리고 판매하는 전략을 세우는 일을 하는 분들이다. 그중 몇 분은 전에도 뵌 적이 있는 분들이라 낯설지가 않아서 반갑게 인사를 나누었다. 마케터 모임의 대표 분이 우리 자리로 오셨다. 책을 출간한 작가에게 술을 한 잔 권하며 축하해주었다. 그런데 조금 부끄러워하신다. 이분도 책을 판매하고 계시지만 책에서 이름만 봤던 작가들이 모여 있으니 어쩐지 쑥스럽다고 하신다.

"반갑습니다. 여러 작가 분들이 멋지게 책을 만들어주셔서 우리가 팔 수 있습니다. 책이 있어야 우리도 살 수 있습니다. 고맙습니다."

"고맙다니요. 별말씀을. 우리가 만든 책을 열심히 팔아주셔서 감사드려요."

우리는 서로 감사의 인사를 나눴다.

어느 분야나 여러 사람들의 도움과 협력으로 일이 만들어진다. 어릴 때는 내가 잘나서 모든 게 만들어진다고 생각하지만 '나 혼자만의 노력으로' 되지 않는다는 것을 차츰 알아가게 된다.

책 한 권을 만들기 위해서는 많은 사람들의 시간과 열정이 담겨 있다. 먼저 눈 밝은 편집자가 좋은 글을 찾아내야 할 것이다. 동화작가의 좋은 글을 찾아내고, 그림책 작가의 좋은 원고를 찾아내야 한다. 좋은 글에 맞는 그림작가를 찾아내야 할 것이다.

일이 시작되면 이때부터 작가와 편집자의 줄다리기가 시작된다. 몇 달을 고민해서 스케치를 보내면 "이건 아닌 건 같아요."라는 차가운 코멘트를 듣기도 한다. 며칠 만에 후다닥 그린 그림이 너무 좋다고 격려를 받으면 의아하기도 하다.

그림이 완성되면 디자이너의 수고가 빛을 발한다. 감각과 끈기가 있는 디자이너의 손길을 거치면 더 아름다운 책이 만들어진다. 여러 개의 시안을 만들고 고민하고 또 고민한다. 마케터들의 의견은 어떤지 들어본다.

출력실은 또 어떤가. 작가의 원화 느낌을 최대한 살리기 위해서 정성을 다한다. 어떻게 하면 살아있는 색을 만들지 고민한다. 그다음으로는 인쇄소, 제본소, 코팅, 종이집 장인들의 손길이 필요하다. 무엇 하나 제대로 되지 않으면 부실한 책이 되어버린다.

이처럼 많은 사람들이 책 한 권을 위해 노력하고 있다. 이제 책을 알려야 할 것이다. 마케터가 나서서 책을 알린다. 각종 서점과 인터넷 서점에서 책이 눈에 띌 수 있도록 애를 쓴다. 독자들에게 책을 더 알리기 위해서 여러 가지 행사들을 기획하고 진행한다.

이렇게 서로 감사의 인사를 건넬 수 있는 출판계가 따뜻하다고 생각한다. 여러분 덕분에 우리 모두 살아갑니다. 모두 모두 수고하셨습니다. 감사합니다.

출판인들의 송년회

연말이다. 세상은 시끌벅적 움직인다. 한 해를 결산하고 서로의 안부를 묻는다. 사람들의 발길이 바삐 움직인다. 연말이 되면 한 해의 마무리를 알리는 여러 가지 행사가 있지만 어린이 책을 만드는 사람들에게는 '달리 바자회'가 유명하다.

달리 바자회는 '달리'라는 디자인·기획사무실에서 주최하는 행사인데 어린이 책 출판 관계자들이 개인물품을 기증하고, 참가자들이 제품을 구입하며 수익금은 북한어린이 돕기 후원금으로 기부한다. 여러 출판사와 작가들이 음식과 술, 책들을 내놓기도 하고 그동안 얼굴을 못 봤던 여러 작가, 편집자, 디자이너들을 한 자리에서 만날 수 있는 훈훈한 연말 모임이다.

바자회 장소는 조금 오래된 2층 양옥집이다. 낡은 집이지만 정겹고 푸근한 분위기가 느껴지는 곳이다. 1층을 들어서면 참가자들이 내놓은 물건들로 가득하다.

이게 언제적 옷인가? 유행이 지난 아버지의 양복과 엄마의 원피스가 보인다. 아직 새 것 같은 신발과 액세서리, 책과 장난감들도 가득하다. 어떤 물건은 너무 오래되어 바로 박물관으로 가야할 것 같은 것도 있다. 나도 아이가 쓰지 않는 장난감을 몇 번 내놓은 적이 있다. 내 물건을 구매한 분에게 그 자리에서 바로 사용법을 설명해주기도 했다. 정겨운 장터가 열리는 것이다.

다른 쪽에는 김치전과 김밥, 가래떡과 여러 가지 먹을거리가 준비되어 있다. 출판 경기가 어려움에도 여러 출판사와 작가들이 음식을 많이 준비해주셨다.

본격적으로 사람들과 인사를 나눈다. 편집자, 디자이너, 그림작가, 글 작가 등 책과 관련된 사람들이 대부분이다. 작업을 함께했던 편집자도 보이고 전에는 보지 못했던 얼굴도 보인다. 새로 책을 낸 신인작가인 것 같다. 가볍게 인사를 나누고 다른 방을 기웃거린다.

이 방에서는 타로점을 보고 있다. 아주 저렴한 복채(?)를 받고 타로점을 봐준다. 복채는 모두 기부한다고 한다. 나도 호기심에 앉아서 타로점을 봤다. 카드를 몇 개 뽑으니 심각한 표정으로 카드를 살펴본다. 내년에도 하는 일이 잘될 거라고 한다. 잘된다고 하는데 뭐가 이렇게 크게 달라지지 않는 거지? 크게 달라지지 않는 게 그나마 다행인 건가? 재미 삼아 본 타로점에 미소를 띄게 된다.

2층으로 올라가니 방마다 빼곡하게 모여서 이야기꽃을 피우고 있다.

"와, 오랜만이야. 어떻게 지내. 작업 많이 하던데?"

"무슨 말씀이세요. 죽겠어요. 요즘 일이 많이 없어요."

"매년 힘들다더니 그래도 살아있네."

"그러게요."

나에게 그림 마감을 독촉하던 편집자와 어색한 눈인사를 나눈다.

'선생님, 우리 책 그림은 다 되어 가나요?'

'네, 물론이죠. 다 그려 갑니다. 곧 연락드릴게요'

이렇게 서로 알고 있는 거짓 약속(?)을 주고받으며 훈훈한 시간을 보낸다.

처음 이 자리에 온 신인작가들과 이런저런 이야기를 나눈다. 한 신인 작가가 스마트폰으로 자기 그림을 보여준다. 이야기를 나누다보니 페이스북 친구 사이라는 걸 알게 된다.

"작가님은 즐겁게 그림 그리시는 것 같아요. 맞죠?"

"대체로 즐겁게 그리죠. 하지만 그렇게 즐겁기만 하겠어요. 하기 싫을 때도 많아요."

"작가님 그림을 보면 즐겁게 그리시는 것 같아서 항상 부러웠어요."

현실의 많은 것을 공개하고 싶지만 신인작가가 충격을 받을 것 같아서 접기로 한다. 힘든 이야기를 하면 뭐하겠나. 일하면서 겪으면 되는 것이지. 꿈을 가지고 즐겁게 그림 그리다 보면 더 좋은 날이 올 거라며 즐겁게 술잔을 나눈다.

한 잔 두 잔 술이 들어가니 노랫소리가 들려온다. 여기 저기 모여서 이야기꽃을 피우고 있다.

출판계가, 어린이 책이, 그림책이 어렵다지만 그래도 한 해를 버티며 살아냈다. 밖으로 나오니 눈이 내리고 있다.

내년에도 그림 그리고 책 만들며 즐겁게 살아봅시다.

내년에도 무사히 만납시다.

내년에 또 만나요, 안녕.

김중석

그림 그리는 사람.
삽화가이고
전시 기획자라 불리고
그림책 작가라고 하기에는 좀 애매하고
만화가라고 스스로 주장하며
그림책 칼럼니스트인 것 같기도 한 사람.
쓰고 그리며 움직이고 가르치며 살고 있다.
sukjaeyoon@hanmail.net